海底两万里

【法】儒勒·凡尔纳◎著
牟　阳◎译

中国纺织出版社

图书在版编目（CIP）数据

海底两万里 /（法）凡尔纳著；牟阳译. --北京：中国纺织出版社，2015.7（2021.7重印）
（乐读文库. 影响青少年一生的传世经典）
ISBN 978-7-5180-1705-8

Ⅰ. ①海… Ⅱ. ①凡… ②牟… Ⅲ. ①科学幻想小说—法国—近代 Ⅳ. ①I565.44

中国版本图书馆CIP数据核字（2015）第120989号

策划编辑：库　科　　责任编辑：赵晓红
特约编辑：李晟北　　责任印制：储志伟

中国纺织出版社出版发行
地址：北京市朝阳区百子湾东里A407号楼　邮政编码：100124
销售电话：010-67004422　传真：010-87155801
http: //www.c-textilep. com
E-mail: faxing@c-textilep.com
中国纺织出版社天猫旗舰店
官方微博http://weibo.com/2119887771
北京楠萍印刷有限公司印刷　各地新华书店经销
2015年7月第1版　2021年7月第2次印刷
开本:880×1230　1/32　印张:7
字数:136千字　定价:32.00元

导 读

阅读一本好书，可以收获百味的人生，这不仅仅是因为好书能帮助我们排解心中的困扰，它更能带领我们解开无数的谜团，指引未来的方向，帮助我们提升品位、开阔思维。

《海底两万里》是法国作家凡尔纳笔下的作品。这本出色的科幻小说于1870年问世，距今已经有长达百年的历史。凡尔纳是现代科幻小说重要的奠基人，他在童年时期，就已经表现出超乎常人的探索欲望，他常常会为了找到一件事情的本源而博览群书。凭借着出色的想象力，凡尔纳完成了自己的第一部科幻小说《气球上的五星期》，这部小说让凡尔纳成为了家喻户晓的作家。随后，凡尔纳又进行了一系列科幻冒险小说的创作，并将这些作品收录到《奇异的旅行》丛书之中。《海底两万里》是凡尔纳创作的“科幻三部曲”中的第二部，本书中凡尔纳的写作灵感并不是来自于凭空的想象，而是以严谨的科学知识作为依据，书中出现了许多凡尔纳想象出的器械，在1870年，这些器械听起来只是天方夜谭，但是随着时间的推移、社会的进步，在当今时代，这些假想出来的器械都已经变成实实在在存在的事物。所以，我们在阅读《海底两万里》这本书的时候，会产生最真实的感触，也会感到书中这些事物并不是虚无缥缈的。

本书开篇就有“海怪”的出现，故事围绕着阿龙纳斯以及他的两位同伴尼德·兰德和孔塞伊在这个“海怪”身体内的生活，和充满奇幻色彩的海底之旅展开。

1866年，住在沿海地区的人们发现了“海怪”。法国著名的科学家阿龙纳斯应邀参与追捕。在追捕过程中，阿龙纳斯、他的仆人孔塞伊和鱼叉手尼德·兰德三人，发现所谓的“海怪”事实上是一艘构造奇妙的潜艇——“鹦鹉螺”号，“鹦鹉螺”号的主人叫内莫。阿龙纳斯和同伴们在内莫船长的带领下，开始了环球海底旅行。在旅行的过程中，他们来到了前所未见的海底世界，遇见了许多奇妙无比的海底生物。最后阿龙纳斯探知到内莫船长心中隐藏的暴戾与仇恨，三个人逃离了“鹦鹉螺”号，结束了他们的海底航行。

《海底两万里》记录了阿龙纳斯和同伴们在海底10个月的奇幻旅程，他们亲身穿越海底森林，脚下踩着海底煤矿，采摘价值难以估算的大珍珠，还有与鲨鱼搏斗的冒险经历，以及在大西洋中勇斗章鱼的惊心动魄的场景……我们很难想象，主人公阿龙纳斯竟然经历了这么多险象环生、奇妙无比的精彩旅程。

《海底两万里》中囊括了众多的科幻元素，小读者们在阅读的过程中，可以随着作者的笔触展开丰富的想象，对思维领域的拓展起到积极的作用，是青少年成长之路上必读的佳作。

目　录

第一部分

第一章　飞驰的礁石

在1866年，发生了一件离奇的事，对于这一事件，很多人还记忆犹新。当时，各大洲沿海地区的居民们一直在议论纷纷，特别是进行海上作业的航海人员，他们对这一事件异常地关注。

事情大概是这样的：在那一段时间，很多出海的航船都会遇到一个庞然大物，这个庞然大物有点类似运动中的橄榄球，在游动的过程中，还会不时地发出磷光。这个庞然大物的体积比鲸鱼大出很多倍，连游动速度都是鲸鱼万万不能及的。

当年7月20日，加尔各答市的布纳赫汽船公司旗下的一艘名叫“金锡勋总督”号的航船，在行驶到距澳大利亚东海岸大约5海里的地方时，发现了这个海怪的踪迹。起初，巴克船长还以为这是一个不知名的暗礁，正当他们准备测试这个“暗礁”的位置时，突然两道水柱从“暗礁”的上面喷了出来，那水柱的高度足有45米。除非这个“暗礁”上面存在间歇性喷泉，不然的话，他们一定是遇到了一种十分可怕的不明物体。

同样，在7月23日的时候，西印度太平洋汽船公司的“哥郎”号，在太平洋上也遭遇了这样的怪事。“哥郎”号和“金锡勋总督”号发现不明物体的位置，相距大约有700海里，也就是说，这个不明

很多出海的航船都会遇到一个庞然大物，这个庞然大物有点类似运动中的橄榄球，在游动的过程中，还会不时地发出磷光。这个庞然大物的体积比鲸鱼大出很多倍，连游动速度都是鲸鱼万万不能及的。

物体正在以惊人的速度移动着。

在世界各地，类似的事情还在不断地发生着，而这个“海怪事件”也成了人们茶余饭后必谈的一件事情。咖啡馆把这件事情改编成歌曲唱了出来，报刊接连不断地进行着报道，而制造谣言的人也找到了一个大好的机会，他们企图通过这个怪物制造出各种奇闻。

与此同时，在科学界中出现了两个截然相反的观点：相信者和怀疑者。这两个派别之间，进行着无休止的争论，各自举出证据……还有那些自诩对科学十分了解的报刊记者，也和文人们进行着激烈的论战，真有些好戏连台的意味！他们为了这件事情，真不知道耗费了多少笔墨，甚至有些人还流了几滴血！

1867年年初，这件事情的影响逐渐淡了下来，好像正在从人们的生活中退出。但是，接下来出现的一系列问题，又将人们的注意力重新拉回到这件事上面。

因为最新出现的情况证明，这已经不再单纯地是一件科学界争论的事情，而是现实中的一个不能避免的危险。

在3月5日的时候，蒙特利尔航海公司的“摩拉维安”号在北纬27度30分、西经72度15分的位置撞上了一块岩石，但是在这个位置上，并没有任何关于岩石的记录。因为当时的风速很快，再加上400马力的推动，船的速度已经高达每小时13海里。要不是那艘船的质量特别好，相信那时，船和船上的几百名乘客已经葬身海底了。

事故发生在早晨5点左右，那时天刚刚亮，值班的海员立刻跑到船的后面查看。他们仔仔细细地观察着海面，发现在船的后方有一个巨大的漩涡，除此之外，海员们并没有其他突破性的发现。海员们将碰撞的地点详细地记录了下来。从船体看，船的表面并没有受到多大的损害。当时的船员们都在猜想，究竟是撞上了一座暗礁还是一只沉没的船呢？

后来，在航行结束之后，海员们在对船体进行检修的时候，才发现船只的龙骨竟然已经断裂了！

尽管这件事情非常严重，然而要不是在几个星期之后又发生了同样的事情，恐怕这件事情也会和以前类似的事件一样，被人们逐渐地淡忘了吧。

后来发生的事情，因为受害船的国籍以及所属船运公司的声望非比寻常，因而得到了人们普遍的关注。

英国汽船公司的老板丘那德是船运界人尽皆知的人物，在1867年的时候，丘那德的船运公司已经拥有12艘轮船，因为经营理念、方法的与众不同，丘那德在业界颇受关注，公司也在世界上享有盛名。

在一天下午4点16分的时候，“斯戈提亚”号上的乘客们感觉到在船的左舷机轮后面一点，好像受到了一些轻微的撞击，但是这并没有引起大家的注意，过了好一会儿，底舱管理员急急忙忙地奔到甲板上大叫道：“船要沉了！船要沉了！”

顷刻之间，船上的人们秩序大乱，乘客们都因为惊慌而开始乱跑，不过船长很快就把大家的情绪稳定了下来，他对慌乱的乘客们喊道：“这艘船上面有7间隔水舱，船体稍微进水对船并不会造成什么严重的损伤！”

船长立刻派维修人员到底舱进行检查，检修人员走到第5个隔水舱的时候，发现正有大量的海水从外面涌进来，想必这里有一个很大的缺口。所幸这里不是锅炉间，不然在这茫茫的大海中央熄了火就麻烦了。

船长命令将船停下来，并派了几名潜水员到水下进行检查，潜水员们发现在船体的吃水线以下，有一个将近两米宽的大裂口，如此大面积的裂口是堵不上的，所以，轮机的多半部分都已经浸泡在海水中了。经过周详的考虑，船长决定继续前进，那时候，船只距离目的地——克列尔角还有300海里的距离。船长勉强将船只行驶到利物浦港口，这时候，整个航行计划已经延迟了大约3天的时间，在这3天的时间里，码头上的人们等得望眼欲穿！

受损的船只很快被带到船坞进行修理，工程师们立即对船进行了检查。眼前的景象把工程师们惊呆了：在吃水线下方，将近2.5米的地方，有个等边三角形的裂口。从铁板上面的痕迹来看，缺口边缘十分规则，即便用钻井机也不可能打出这么规则的三角形。能够造成这样的缺口的机器一定非比寻常，要用惊人的力量刺穿4厘米厚的钢板，并且还能自行倒退，这种机器一定是非常了不起的！

上面说的就是最近一次发生的类似事件，很快地，这件事情又在舆论界引起了轰动。从这件事情之后，很多以前不能解释的离奇事件都被归咎于这个“海怪”的身上。然而，每年发生的沉船事件数量之多，到现在为止，下落不明的船只有200多艘。

第二　赞成与反对

发生这件事情的时候，我正在美国的内布拉斯加州进行科考，以法国自然科学史博物馆教授的身份在美国工作了将近半年的时间。3月底，我满载珍贵的标本前往纽约，再从纽约启程回到法国。我计划在5月初的时候回到法国，这段时间正好可以在美国逗留一阵子，将自己收集的珍贵标本好好整理一番。

在这段时间里，报纸又把“海怪”这件事情宣传得沸沸扬扬，

眼前的景象，都把工程师们惊呆了：在吃水下方，有一个将近2.5米的地方，有个等边三角形的裂口。

我当然也对这件事情有所耳闻。我把欧美的各大报刊都详细地研究了一遍，还进行了几个大胆的猜测，但是因为拿不准主意，我始终在两个较为极端的观点之间游走。如果说“是”，无疑是对的，假如不是的话，那就要亲自去看看受损船只的裂痕了。

还记得我刚刚到纽约的那天，就有人专门来找我，向我征询一些关于“海怪”的意见。当我还在法国工作的时候，曾经写过一部名为《深海奥秘》的书籍，上下两册，这本书让我在学术界获得了普遍的好评，我也因此获得了这一神秘领域的专家称号。

还有一种情况，一家名为“纽约先驱论坛报”的报刊干脆登出了广告，邀请巴黎自然科学史博物馆教授阿龙纳斯教授就海怪的问题发表意见，所以现在我再也不能沉默，必须要说几句话了。下面这篇文章就是我发表在《纽约先驱论坛报》上的文章摘要：

我对所有的假设，还有几乎不可能的猜想都做了研究之后，我不能不承认，我们将要面对的是一个庞大而神秘的海洋生物。

对于深海层的情况，我们所掌握的信息少之又少，因为我们现阶段所拥有的探测仪器，并不能到达神秘的深海层，在神秘的海底究竟是什么样的情况？或者说在1.2万到1.5万海里的深海处，到底生活着什么样的海洋生物？这些都是我们无从知晓的。

如果说，我们现在还不能认识所有的海洋生物，而自然界对我们在关于鱼类的问题上也保留了很多的秘密，那么，我们就不得不说，在科学的探测仪器不能到达的深海中，可能存在着鲸类的新物种，它们拥有适合在深海层生活的身体构造。当然，我们也不能排除另外一种情况，在某些偶然的情况之下，这个隐藏在深海里的大家伙一时兴起会浮出水面来。

相反地，假如我们已经对地球上的所有生物都有了系统的了解，并且也对海洋生物进行了详细的分类，那么，我们要做的就是在分类里面找出这种海洋生物。在这种情况下，我们不得不承认，在我们的地球上，的确存在着一种巨大的独角鲸。

一般而言，独角鲸的身长能达到20多米，要是将这一长度扩大5倍或者10倍，那么它的力量也会相应的呈正比例增加，并且这个巨大的海洋生物还可能有更加强大的攻击性武器，所以说，它很有可能就是刺穿船体的怪物。

在我们还没有更多、更可靠的消息之前，我认为，这一事件的主要凶手就是一种海上的独角鲸。它的体型一定非常庞大，而它所使用的也不再是剑齿之类的武器，而是拥有更大杀伤力的、类似于战舰的冲角一般的武器，这头独角鲸的体积能达到和战舰差不多大小。

我的文章引起了人们关于“海怪”的讨论狂潮，产生了较大的反响。关于我在文中得出的结论，也被很多人借用，没有限制地随意发挥，进行更加大胆的猜想。

天马行空的幻想是我们人类特有的一种爱好，而未知的神秘海洋正好给我们的幻想提供了良好的土壤，海洋也给予了生物们赖以生存的空间和必要的物质营养。既然在古代的时候，造物主都能用巨大的模型来缔造巨大的地上生物，那么，现在的我们，为什么不能想象着，在深海中，也存在着某些不知名的动物呢？

有的人认为，这件事情在科学界没有一个明确的定论，但是另外一部分讲求实际的人，比如英国人和美国人，就强烈地要求把这个怪物找出来，并赶快除掉，以此来保证海上的交通安全。

在这样的大背景下，美国首先发表声明，宣布成立一支清除

“海怪”的远征队，由法古拉舰长指挥快速舰队“林肯”号去完成这一任务。一切的准备工作都已经就绪，只等点火出发！

在斗志昂扬的“林肯”号即将离开码头之前的3小时，我得到了一封加急信件，信件的内容大致是这样的：

递交纽约第五大道旅馆

巴黎自然科学史博物馆教授阿龙纳斯教授亲启

先生：

假如您同意加入“林肯”号远征队，美国政府很愿意看到您代表法国参加此次远征，法古拉舰长已经在船上给您保留了一个舱位。

此致

敬礼！

海军部书记官何伯逊敬上

第三章　先生，悉听尊便

我读完了这封来自海军部长的信后，清楚地意识到，现在，我生活中唯一的使命和目标就是捕捉这个怪物，将这个在海上捣乱的“海怪”从我们的世界中清除。

之前，我经历了一段艰难的旅程，现在的我只能感觉到疲惫，我需要好好休息一段时间。现在，我想回到我的祖国和朋友们相聚，我的小植物园需要我的照顾，还有那些珍贵的标本，都等着我回去。但是，转念一想，我又坚定了自己的决心，我将刚刚浮现在脑海的一切都抛到了身后，欣然接受了美国政府的邀请。

除此之外，我对于接受这项工作，还有自己的想法：每条海上通道都通往欧洲，说不定哪天这个海怪就到了法国。要是我能够在法国的海域之内抓住这个怪物，我就能向法国自然科学史博物馆赠送至少有半米长的牙戟。目前看来，应该先去北太平洋，据旧金山轮船公司的报告，海怪曾经在北太平洋的海面上出现过，这和去往法国的方向恰恰相反。

“孔塞伊！”我急急忙忙地喊着。

孔塞伊是我的仆人，在我旅行的过程中，一直是他陪伴在我的身边，对我忠心耿耿。孔塞伊的家乡在佛拉芒，他的性格恬淡，办事有规矩，平时话也很少，但是有一副招人喜欢的热心肠。面对生活中任何突发事件时，他都不会大惊小怪。尽管他的名字叫作孔塞伊（“出主意”的意思），但是如果你不向他发问的话，他从来不会发表自己的任何意见。尽管他的年纪只有30岁，但是却表现得超乎寻常的老成，即便是在40岁的我面前。

对于孔塞伊，我表现出的是我一贯的信任。平时，无论什么时候他都愿意和我一起去旅行。但是，这次的旅程是那么的不同寻常，我一定要问一下孔塞伊的意见。这次我们不知道要出去多长时间，旅途也十分凶险，我们要追缉的是一个可能让我们的船沉没的“海怪”，再坚硬的船只，到了“海怪”的面前，也会像核桃一样被砸扁。即便是对任何事情都不在乎的人，在进行这样危险的航行之前，都应该好好地考虑一番吧？不知道这时候的孔塞伊是怎么想的呢？

“孔塞伊！”我又喊了他一声。

“先生在叫我吗？”孔塞伊走了进来。

“是的，请帮我准备一下行装，你自己的也要抓紧时间准备一下，我们将在两个小时之后出发。”

“好的，先生。”孔塞伊平静地说道，“但是，先生，这些标本要怎么处理？”

“这些标本就先寄存在旅馆里吧。”

“可是，还有一头活的豚鹿。”

“我们不在的时候，先托付给别人帮忙喂养一下吧，另外我们还要找人将所有的货物都运回巴黎去。”

“我们现在出发，不是前往巴黎吗？”

“当然，我们肯定是要回去的……”我言语间有些搪塞，“不过在我们回去之前要转一个小弯……”

“只要是先生觉得合适的，我就会照办的。”孔塞伊依然不动声色地说着。

“现在，我们要乘着‘林肯’号出发。孔塞伊……你知道，关于那头‘海怪’的事情……就是那个独角巨鲸……现在我们要乘着船，将它从海上清除。你知道，我们马上要做的这件事情是很光荣的，同时……也充满了很多未知的凶险。我们也不知道要去什么地方，那东西……看起来怪得很。不过你也不用担心，我们有一个精明强干的舰长，相信在他的带领之下，我们会非常安全……只是，你要好好想一想，我不想对你隐瞒什么，这也很有可能成为我们人生中的最后一次旅行，我们或许就真的一去不复返了……”

“无论先生怎么做，要去哪里，我都跟在先生身边。”孔塞伊的回答非常干脆。

那还有什么好说的呢！一刻钟之后，我们的行装都已经打点完毕。我们叫了一辆马车前往布鲁克林码头。一会儿时间，“林肯”号就出现在了我们的视线中，它那两根大烟囱不停地冒着黑烟。

抵达码头之后，有专人将我们的行李带上了船，我们也紧随其后上了船，随后，一个水手将我们带到船尾。一位雄赳赳，气昂昂的军官出现在了我们面前，向我友好地伸出手来，说："请问是皮埃尔·阿龙纳斯先生吗？"

"正是，"我回答道，"您就是法古拉舰长？"

"是的，教授先生，欢迎您，您的舱房已经准备妥当，再次热烈地欢迎您来参加我们围剿'海怪'的活动。"

一阵简单的寒暄之后，舰长就开始准备开船和其他事务，我们被带到自己的舱房。我所住的舱房位于船尾部，对门就是军官餐厅，我对自己即将入住的环境非常满意。

为了更好地执行任务，人们对"林肯"号进行了一番精心的改装。它是一艘靠高压蒸汽机提供动力的快速战舰，蒸汽机所能提供的动力可以达到7个大气压之多，所以船的平均时速可以提升至18海里，和当时的船只相比，这是一个相当了不起的速度。但是和那头"海怪"比较起来，这样的速度显然是不够的。

孔塞伊开始整理我们的行李，我则去往甲板上，观看开船时候的操作。

法古拉舰长一声令下"开船"，轮机马上转动起来，蒸汽机发出了"呼呼"的响声，一排排活塞连杆也发出了"格格"的响声。螺旋桨将海水搅动出许多的浪花，速度一直在增加，周围是前来送行的众多船只，岸上还有很多欢呼的群众，在这样的环境之下，"林肯"号缓缓地驶出了港口。到晚上8点钟的时候，船已经开足马力，在一片漆黑的大西洋中快速行驶着。

第四章　尼德·兰德

法古拉舰长是一位非常优秀的海员，更是一名异常优异的指挥官，他已经做到了与船合为一体，换句话说，现在的法古拉舰长就是整条船的灵魂。对于即将面对的“海怪”是不是真实存在的，法古拉舰长从没有怀疑过。在法古拉舰长看来，“海怪”存在与否已经不重要，重要的是我们拥有与之战斗到底的决心，他坚信，一定能将这个“海怪”清除掉。也就是说，不是法古拉舰长清除独角巨鲸，就是独角巨鲸将法古拉舰长打败，没有任何其他结果可供选择。

另外，法古拉舰长也是一个格外细心的人，为了对付“海怪”，他在船上配备了各种武器，比如：手投鱼叉、带有倒刺的鱼钩、炮发式的爆破弹……各种装备应有尽有。在船只的前甲板上，还配备了一门非常精良的后膛炮，这种新式的武器，我只在模型中见过，那是在1867年的万国博览会上，美国制造的，它可以将重达4公斤的炮弹射到16公里远的地方。

可以说，在“林肯”号上面，各种武器一应俱全，另外，船上还有一个法宝，那就是鱼叉手王尼德·兰德。

尼德·兰德来自加拿大，身手相当敏捷，在捕鲸这一危险的行业中，没有人能够超过他。他不仅沉着冷静，而且胆量无人能及，在发生危险情况的时候，能够随机应变。除非是狡猾的长须鲸和抹香鲸，其他的鲸鱼很难逃过他的鱼叉。

尼德·兰德是一个身材魁梧的中年男人，少言寡语，性格非常暴躁，经常发火。他的目光炯炯有神，有着丰富的面部表情，不管是谁看见他，都会长久地记住他的形象。

在我看来，法古拉舰长将尼德·兰德请到船上的举动是非常明智的，尽管平时尼德·兰德与其他人并没有过多的接触，但是他好像对我颇有好感，也许是我的国籍吸引了尼德·兰德，我们经常用法语愉快地交流。在我们的交流中，我得知，这位鱼叉手的家乡在加拿大的魁北克。当魁北克还属于法国的时候，尼德·兰德的家族就已经有很多出色的鱼叉手了。

我之所以详细地描写这位鱼叉手，是因为在后来的日子里，我们将患难与共，一起分享成功的喜悦。真诚无比的友谊将我和尼德·兰德紧紧地联系在一起，啊！我多么希望这位勇敢的鱼叉手尼德·兰德能够活一百年，好让他有更长的时间驻留在我心中！

现在，在这条船上，尼德·兰德是唯一一个不相信有独角鲸的人，尼德·兰德甚至不愿意加入有关独角鲸的话题讨论。但是我相信，总有一天，他会承认这个事实的。

6月30日，在"林肯"号启程的第3天时间里，我们的船已经航行到了距离南美巴塔哥尼亚海岸大约30海里的地方，就在不到700海里远的地方，就是著名的麦哲伦海峡了。再过一个星期的时间，船就可以在太平洋上乘风破浪了。

尼德·兰德和我一起坐在甲板上闲聊，谈起这次远征的未来，当我们讨论起是否能擒获独角鲸时，尼德·兰德就开始不说话了。我干脆反问尼德·兰德："尼德·兰德，你怀疑那头独角鲸并不存在，有什么特别的理由吗？"

他用手拍了一下额头，闭上眼睛，好像在沉思着，紧接着说道："阿龙纳斯先生，我这么怀疑肯定是有我自己的理由的。"

"你是一个职业的捕鲸手，对于海洋中的大型鲸鱼，你比任何人都要清楚，按照常理来说，你应该比其他人更先感觉到怪兽的存在，但是为什么你的怀疑是最深的？”

“教授，我想您可能是搞错了，”尼德·兰德说，“通常人们都相信飞越天际的彗星的存在，或者相信在地球的内部依然住着远古时代的怪物，那样的话，就让他们去想象吧，恐怕天文学家和地质学家不会承认这样的荒唐事吧……同样，捕鲸也是这样的道理，鲸鱼这一类的动物，我捕杀了很多，但是不管鲸鱼有多么大的力量，不管是来自尾巴还是牙齿，那股力量都不可能损坏船上面的钢板！”

“可是，尼德·兰德，独角鲸穿透船底的传闻在世界范围内已经出现了很多起了！”

“如果穿透的是木头的话，我还有可能相信是真的。”尼德·兰德继续说，“即便是这样，我也没有亲眼看见。所以，除非有确凿的证据，不然我是绝对不会承认长须鲸、抹香鲸以及所谓的独角鲸可以穿透钢板的。”

“不，尼德·兰德，你听我说……”

“教授，您先听我说完，我什么都可以听您的，但是只有这件事情不可以。或者，也许是一头大章鱼呢？”

“尼德·兰德，这种想法就更不切实际了。章鱼是一种著名的软体动物，这一点单从名字就可以得知，它的肌肉是松弛的。即便章鱼的身体有150米那么长，也不可能穿透任何一艘船的钢板！”

“呵！博物学家！”尼德·兰德说话的口气开始带有嘲讽的意味，“那么，您是坚信这个世界上有巨鲸的存在喽？”

“是的，尼德·兰德，我坚信在我们不能抵达的海底世界中，生活着我们不了解的独角巨鲸，我之所以相信，是因为有自己的根据，假使这种动物生活在海洋底部，并且在离海面几海里的水层中活动，那么它的机体一定是无比坚硬的！”

尼德·兰德眨了眨眼睛，看着我说：“您说的是真的吗？”

“我可以用最直观的数字向你证明我的推断……请你注意听：1个大气压相当于10米高水柱的压力，这是淡水的压力。当你潜入水中，身处100米深的水下时，你的身体就要承受10个大气压，而在1万米的深度下，你的身体要承受1000个大气压，在这样的情况下，我们可以获知，我们的身体，每一平方厘米都要承受上千克的压力。尼德·兰德，你知不知道，人体的表面积是多少？”

“我想，总的来说一定不少吧，阿龙纳斯先生。”

“大概有1.7万平方厘米。”

“这么多吗？”

“事实上，1个大气压作用在1平方厘米的面积之上，所承受的压力大概有1千克，所以，人身上1.7万平方厘米的面积就要承受约1.7万千克的压力了。”

“但是，为什么我一点儿也感觉不到呢？”

“我们现在之所以感觉不到压力的寻在，是因为空气进入了我们的身体中，空气带有相同的压力，这样身体内部和外部的压力就得到了平衡，但是在水中的时候，情况就完全不一样了！”

“是这样，我明白了。”尼德·兰德说话的时候，一副专心致志的表情，“当我们下潜到水里的时候，水只能存在于我们身体的周围，并不能进入我们的身体内部。”

“就是这样的道理！当我们在水下10米深的地方活动的时候，就要承受1.7万千克的压力，当你下潜到大约万米的深度时，压力就同时增加了将近1000倍。那时候，我们就会被压成薄片，就像是一张从压力机下面拉出的铁板一样。”

“教授，按照您的说法，那个独角鲸的身体至少应该用20厘米的钢板制作，就好像是铁甲舰一般！”

“按照你说的，我们继续思考，这样一个庞然大物，当它以接近列车的速度与船相撞的时候，你试想一下，会有怎么样的结果呢？”

“没错……的确是这样……有可能。”一连串的数字摆在了他的面前，他有些动摇了，但是却不想马上认输。

“那么，现在你是不是已经相信了怪物的存在？”

“这或者……不是真的！”

然而尼德·兰德的回答并不能直接说明什么，只是显示出了这个鱼叉手的倔强和牛脾气罢了。

第五章　漫无目的的冒险航行

林肯号的航行，在这些天当中，并没有碰到什么意外。但发生了一件事，这件事使得尼德·兰德显出了他惊人的技巧，同时也说明了我们对他的那种信任是应该的。

6月30日，在马露因海面上，林肯号向美国的捕鲸船打听那条独角鲸的消息，这些捕鲸船都说没碰见。但其中一只名叫孟禄号的捕鲸船船长，知道尼德·兰德在我们船上。要请他帮忙，追捕已经发现了的一条鲸鱼。法拉古舰长很想看看尼德·兰德的本领，就准许他到孟禄号船上去。我们的加拿大朋友运气真好，不仅是打了一条鲸鱼，而且是打了两条，他投出双叉，一叉直刺人一条鲸鱼的心脏，追赶了几分钟以后，另一条也被捕获了。

毫无疑问，如果我们追赶的那个怪物，真的跟尼德·兰德的鱼叉相碰，我决不敢打赌，保证这个怪物无事。

战舰以惊人的速度，沿着美洲东南方的海岸行驶，7月3日，我们到达麦哲伦海峡口上，与童女峡在同一个纬度。但法拉古舰长不愿意通过这曲折的海峡，他让船从合恩角绕过去。

全体船员一致赞成他的主张。的确，我们哪能在这狭窄的海峡里碰到那条独角鲸呢？大多数水手都肯定怪物不能通过海峡，因为它身体很大，海峡容不下它！的海面上，绕过这座孤岛。这是伸在美洲大陆南端的岩石。从前荷兰水手把自己故乡的名字送给它，称它为合恩角。现在船向西北开，明天，战舰的机轮就要在太平洋水波中搅动了。

7月6日，“林肯”号途经美洲大陆南端的合恩角，向着西北方向前进，等到第二天的时候，“林肯”号的船桨就要开始拍击太平洋的波涛了。

“瞪大眼睛！瞪大眼睛！”水手们开始互相勉励。船长已经许下了承诺，第一个发现海怪踪迹的人将获得2000美元的奖励。这时候，船上的人们都激情洋溢，无论是黑夜还是白天，每个人都留心观察着周围海面的情况，尽管那些奖金对我的吸引力并不大，但是我也经常站在甲板上面，观察海面的情况。

我们的追逐以一场空欢喜而告终。“林肯”号全力追击的，到头来无非是一头普通的长须鲸或抹香鲸，并没有特别的发现，船上面所有人的激情一下落入谷底，每一次的捕鲸活动都在一片咒骂声中结束。

就这样，“林肯”号在太平洋上游荡了数月，还是一无所获，不用说就知道船员们是多么的失望。“林肯”号已经尽了最大的努力去寻找海怪的踪迹，无功而返也没有什么好遗憾的。

现在摆在“林肯”号前面的只有一条路——返航。法古拉舰长要求船员们再坚持3天，也就是说在11月5日中午之前，如果我们还没有寻找到关于海怪的踪迹，法古拉舰长就要指挥“林肯”号离开太平洋海域，结束这次搜索行动。

现在已经是11月4日的晚上，我们的船处于北纬30° 15′，东经163° 42′，日本就在距离我们不到200海里的下风位置。船钟敲响了8下，天空渐渐黑下来，大片的乌云将天空中的新月遮掩，大海的波浪轻轻拍打着船身。

我们依然一无所获。

我靠在前甲板的围栏上，孔塞伊在我身边，我们的眼睛都紧紧注视着海面。

“嗨，孔塞伊，”我对他说，“接下来的时间就是能否获得2000美元的最后机会了！”

“请允许我说一句话，先生，”孔塞伊说，“我对这笔钱并不感兴趣，再说，即便美国政府允诺赠予10万美元的报酬，他们也不会因此而变穷。”

“孔塞伊，你说得没错。这件事好像有些愚蠢，当时我们没有多加考虑就加入了这场行动，现在白白浪费了时间和精力，不然的话，早在半年之前，我们就回到法国了。”

“我想，”孔塞伊平静地说，“不知道该不该说……我想其他人可能会嘲笑先生吧……”

“没有关系，说出来吧，孔塞伊！”我说。

“如果一个人有幸成为一个像您这样的大学问家，他应该是心思细腻的，不应该鲁莽行事……”

孔塞伊的话还没有说完，船上的人沉浸在一片寂静之中，这时候，大家听见一个声音在清清楚楚地大喊着：

“喂！快看，那个怪物就在下风向的位置，正斜对着我们呢！”

第六章 全速前进

大家听到这样的喊声，立刻警觉起来，纷纷拿起鱼叉朝发出喊声的方向奔去，一直看守机器的工程师离开了机器，甚至连锅炉工都离开了自己的岗位。法古拉舰长发出了停船的指令，战舰依靠惯性缓慢地向前滑行。

尽管这时候天色已经很晚了，但是尼德·兰德并没有弄错，大家都看到了他用手指着的那个东西。

在“林肯”号的右船舷后方，大约数百米的位置，水下发出了一道道光芒，这些光很明显不是磷光，光芒在海面上汇聚成了一个巨大的椭圆形，它的中心是光源的所在，那些光线越来越暗，最后消失在了人们的视线中。

“快看，那光亮会移动！那只能是电力形成的光……看呐！它在向前移动！又向后移动了！它正向着我们的方向开过来！”

这时候战舰上一片喧哗。

“大家保持安静！”法古拉舰长一声令下，“稳住舵，开始向后靠！”

水手们纷纷走向舵室，工程师们也回到了自己的机器旁边，大家各守其位，各负其责，“林肯”号开始转身掉头。

“转舵，向前进！”法古拉舰长再次下达命令。

命令马上被执行，我们的船只很快离开了发光体。

我想是我弄错了，当我们转身想要离开的时候，那个发光的怪物开始向着我们的方向加速驶来，那个怪物围绕着我们的战舰（这时候“林肯”号的前进速度大约是40海里）轻轻松松地转了一圈，我们的战舰顿时被一张巨大的光网环绕。这个怪物在距离我们大约两三海里的位置，它的后面拖着一条长长的磷光带，就像火车驶过一般，留下了一团烟雾。

我们惊恐不已，那个巨大的怪物出现在了黑暗的末端，以惊人的速度朝着我们开来，眼看就要和我们的船撞在一起了，却又在距我们的船大约20米的地方戛然而止，就像是在顷刻间断了光源一般，光芒在一瞬间全部熄灭了。过了一会儿，那奇怪的怪物又出现在了我们的另一侧。

对于这一现象，只有两种解释：它是从船底潜过去的，或者是从我们旁边绕过去的。不管是怎么过去的，现在我们的船随时都有可能遭到这个怪物的袭击。

林肯号本来是用来追逐怪物的，现在反而被怪物包围了起来，这让一向冷静的法古拉舰长的脸上也露出了焦急的神色。法古拉舰长不愿意让自己的船只在黑夜中冒险，他决定与这个怪物周旋到天亮再说。

船上所有人都整夜守望着。“林肯”号在速度上比不过这个怪物，只能放低速度缓慢前进。奇怪的是，那个怪物也放慢了速度，极其缓慢地跟在我们的后面轻轻拍击着浪花，就好像一个选手不舍得离开比武场一样。

“林肯”号上的各种武器都准备好了。船栏边上捕鱼的器械依

在“林肯”号的右船舷后方，大约数百米的位置，水下发出了一道光亮，这些光亮很明显不是磷光，发光的位置在海面上形成了一个巨大的椭圆形。

次排开，大副将炸药装进了大口径短铳，这种短铳能将鱼叉抛出将近一海里那么远。另外船上还备有霰弹枪，它打中猎物之后会发生爆炸，这对猎物来说是致命的，任何凶猛的野兽都难以逃脱。尼德·兰德则在一旁专心致志地摆弄鱼叉，鱼叉在尼德·兰德手中可以称得上是一件致命的武器。

6点钟，朝阳渐渐从海平面升起，海上遍布着迷雾，暂时还看不清东西，这让船上的人们感到非常沮丧。熬到早上8点，雾气被太阳驱散，天际扩大，天也逐渐透亮了。

“那怪物在左船舷的后方呢！”

首先发现怪物的人仍然是尼德·兰德。大家顺着他手的方向看过去，果然，在“林肯”号后方约半海里的位置，有一截黑色的物体浮出水面，在水面上形成了一个巨大的漩涡，任何动物的尾巴都不可能有如此强大的力量！它的前进伴着一条巨大的耀眼的水波纹，长长地拖在后面！

战舰尝试着向这头怪物靠过去，我目测它的长度在75米左右，宽度看不清楚，但它给我的总体印象是，它的长宽比例是十分均匀的。

正当我专心观察的时候，有两道混合着水汽的水柱喷射了出来，一直喷到大约40米的高空。这样，我对眼前这个怪物的呼吸方式就有了大致的了解，这个怪物应该是脊椎动物哺乳纲，再往下划分我就无从下手了……

船员们都在焦急地等待着舰长下达最后战斗的命令。法古拉舰长仔细观察了这个怪物之后，他下达命令：“全速前进！”

蒸汽压力突然提高，船的两个烟囱不断地吐着黑烟，甲板被锅炉震得突突直响。

战舰向着怪兽的方向猛扑过去，但是怪兽一点儿也没有显出惊慌的意思。它并没有潜入水中，而是稍稍躲避了一下，一直和战舰保持着不变的距离。

法古拉舰长把工程师叫了过来。

舰长问道："你是不是已经将压力加到最大了？"

"是的，舰长，已经到了6.5个气压。"

"好的，现在加到10个气压！"

在我看来，法古拉舰长下达的真是纯粹的美国式命令！我对身边的孔塞伊说："我们的船，恐怕就要爆炸了吧！"

炉火熊熊燃烧着，"林肯"号再一次提速，船上的桅杆都在不断地震动，滚滚的浓烟从狭窄的烟囱里面排出来。测速表明，现在我们的船前进的速度达到了每小时19.3海里，但是海里的怪兽也毫不费力地以19.3海里的速度向前推进。

尼德·兰德手持鱼叉，站在船头。有好几次，这个海怪的速度好像慢了下来，但是就在尼德·兰德准备抛出鱼叉的时候，这个怪物却突然加速逃遁了。这都不算什么，最让人气愤的是，当我们的船全速前进的时候，海里的怪物还能绕着我们的船行驶一周！这让船上的人都愤怒到了极点。

中午很快就来了，但是和海怪的周旋却一点儿进展都没有。法古拉舰长想出了一个直截了当的方法："这个怪物虽然比'林肯'号跑得快，那我就要试试和炮弹相比，它的速度怎么样了……"接着，法古拉舰长命令炮弹手进行射击准备。

"轰！"第一发炮弹飞了出去，但是不幸的是，它从怪物的上面掠过去了。这时候，法古拉舰长勃然大怒，他高喊道："换个好点的炮手！能打中怪物的，有500美元的奖励！"

一位留着胡须的老炮手从容不迫地走到大炮前面，瞄了好长时间，然后果断点火，又是“轰”的一声，炮弹打在了怪兽身上，但遗憾的是被弹开了，炮弹滑落到了怪兽前方大约2海里的水中。

“可恶！”老炮手脸上的青筋暴起，“难道这家伙有15厘米厚的铁甲吗？”

就这样，“林肯”号和“海怪”进行了长达一天时间的周旋，最终失去了“海怪”的踪迹。黑夜再次来临，波涛起伏的大海被黑夜紧紧地包裹了起来。静下心来，仔细算算，在过去的一天时间里，“林肯”号的航行里程已经达到了500海里。我以为这场较量可以到此为止，我们再也不会和怪兽相遇了，但是我想错了。

在晚上10点50分的时候，在我们的战舰前方大约3海里的位置，那熟悉的电光重新亮了起来，是那么强烈，和前一个晚上一模一样，停在原地一动不动。

这时，大家都在猜想，是不是独角鲸已经感觉到疲惫了？它睡着了吗？法古拉舰长决定抓住这个机会，对眼前的怪兽来一个突袭。

法古拉舰长下令低速靠近怪物，一定要缓慢前进，以免打草惊蛇。在茫茫的大海中，遇到一只熟睡的鲸，再成功将它制服，这样的事情尼德·兰德已经做过好多次了。

气压阀门已经关闭，战舰依靠惯性近一步悄无声息地向海怪靠拢。我们现在距离光源已经只有不到30米的距离了，人们的眼睛都被强烈的光芒照得快要睁不开了。

我靠在舰楼的护舱板上看着尼德·兰德，他正一手勾着支索一手拿着鱼叉，现在他和一动不动的怪兽只有不到6米的距离了！突然，他猛地举起胳膊，鱼叉随即飞了出去，但是立刻听到“”的一声，就好像是撞在了什么坚硬的物体上面。

在“砰”的一声之后，怪物散发出的光芒马上熄灭了。与此同时，有两股强大的海浪排山倒海般地向着“林肯”号袭来，从舰首一直冲刷到舰尾，所有的人都被这一股巨大的海浪击倒，连缆索都被折断了。

接下来，船被狠狠地撞击了一下。我的脚有些站不稳了，身体也被震出了栏杆，整个人被抛掷到了大海中……

第七章　不知种属的鲸鱼

意外落水让我惊恐万分，到现在为止，我依然记得当时的情形。开始我沉到了大约6米的水下，因为平时对游泳还算是爱好，头脑也还算清醒，我双腿拍打着水面，快速地浮出了水面。

浮出水面之后，我首先想到的是确定战舰的位置，但是夜色让我看不清周围的环境，只在东边的位置发现了一大团黑影，那些灯光越来越暗，最终消失不见。我顿时心生绝望，那一定是已经走远的“林肯”号吧。

无论怎样，我还是要先游回去才能说别的事情，我挥动着手臂不停地划水，边划水边呼喊：“救命啊！救命啊！”身上的湿衣服让我的动作越来越不灵敏，我的身体开始缓缓地向下沉，呼吸也变得越来越困难……

“救命啊！”海水进入口中，我拼尽全力挣扎着，眼看就要沉到海底了，我发出了最后一声呼救……

忽然，我感觉到一只有力的手抓住了我的衣服，将我拖拽出了水面，我耳边出现了一个声音：“劳驾先生靠在我的肩膀上，这样游起来能省很多力气！”

“孔塞伊！”我马上伸手抓住了这个忠心耿耿的朋友。

“是我，先生。”

“也把你撞下来了吗？”

“没有，先生，我看见您落水了，我是下来服侍您的！”

孔塞伊说着，语气是那么平淡，就好像是在做一件很平常的事情。

“战舰呢？”我问孔塞伊。

“哦！战舰呐……”孔塞伊转过身来对我说，“先生不要再指望战舰了，刚才我跳水的时候，听见有人喊着船的叶轮被撞坏了……”

“那我们完了……”

“可能吧。”孔塞伊的语气还是那么镇定，“不过至少我们还可以坚持几个小时的时间，要知道，几小时可以做很多的事情……”

我们身上的湿衣服妨碍我们游泳，孔塞伊拿出小刀将我的衣服一点点割开、扯掉。我也帮着孔塞伊将他的衣服扯掉，现在我们游起来省了很多力气。

尽管如此，我们的处境还是十分危险，我们落水的时候，可能没有人看见，即便看见了，坏掉的战舰可能也没有时间转头回来救我们了。

现在，摆在我们面前唯一的出路就是坚持，坚持得越久越好，直到有船来救我们。为了节省力气，我们决定轮流游泳：一个人仰躺在水面上，另一个人划水，将他向前推送，每隔10分钟就轮换一次，这样，两个人都不至于精疲力竭，至少可以在水面上浮几个小时，等着有船来救我们。

我落水的时间大约是晚上11点左右，到天亮，我们起码要在海

尼德·兰德使劲甩了一下胳膊，鱼叉随即飞了出去，但是马上发出了“当”的声音，就好像是撞在了什么坚硬的物体上面。

上漂浮8个小时的时间。但是坚持到凌晨1点的时候，我就出现了抽搐的状况，感觉自己已经疲劳到了极点。孔塞伊不得不来支持我，但是不久之后孔塞伊也开始呼吸困难，我想孔塞伊也要坚持不下去了。

“救救我们！救命啊！”我们开始呼喊起来，尽管声音很微弱，但是，似乎有人回应了我们，难道船被撞的时候还有其他的落水者？又或者是战舰上的小艇在黑暗中来搜寻我们了？

我的力气已经用尽了。手指变得僵硬，嘴唇不停地打着哆嗦。寒意不断向我袭来，我最后抬了下头，马上又沉了下去……

就在向下沉的一刹那，我好像碰到了一个坚硬的物体，我本能地靠着这个坚硬的物体，感觉到有一股力量在向上拉我，将我拖出了水面，我晕了过去……

“孔塞伊！”我无力地叫喊着。

“先生是在叫我吗？”孔塞伊回答我。

借着水平线上仅存的一点月光，我发现另外一张熟悉的脸，我马上认出来了：

“尼德·兰德！”

“没错，我就是那个追奖金的人！”尼德·兰德回答我。

“你也被撞落水了吗？”

“是的，教授，但是我好像稍微幸运点儿，我掉在了一个移动着的小岛上……”

“一个移动的小岛？”

“没错。更确切地说，我是站在了被我们追踪的独角鲸的背上。”

“能不能再说得清楚一些，尼德·兰德。”

“我想说的是，我们可能很快就能搞清楚，我的叉子为什么扎不到那个怪物了，因为这个东西是钢板做的！”

尼德·兰德的话马上改变了我内心的想法。没错，我脚下这个黑色的坚硬脊背，没有一片鳞甲，在发生撞击的时候，所发出的也是金属之间撞击产生的声音。尽管眼前的一切让我感到不可思议，但是我不得不承认，我们脚下踩着的是由螺丝钉铆固的钢制物体。

再也没有什么好怀疑的了，那个“海怪”其实并不是天然的，而是一个人工制造的怪物！就是这个人工制造的怪物，将东西两个半球的居民都搅得天翻地覆，更让学术界产生了一场巨大的风暴……

毫无疑问，现在的我们正躺在一艘潜艇的脊背之上，我说：“在这艘船里面，是不是也有一套可供操作的系统和相应的操作人员呢？”

“当然是有的。”尼德·兰德说，“我在这个‘小岛’上面已经有将近3个小时的时间了，它还没有一点儿动静……”

话音未落，我们脚下这个奇异的东西后部开始翻涌起阵阵水花，无疑，这个怪物的推动器开始工作了。幸好转速不是很快，我们三个都牢牢地抓住了船体。

“要是这个怪家伙一直在水面上滑行，我倒是一点也不担心。”尼德·兰德说，“不过，要是它心血来潮准备下沉的话，我们就完蛋了！”

是的，要是它下潜的话，我们就真的完了！现在，最要紧的事情，就是想方设法和里面的人取得联系。

我尝试着在它上面找到一个开口，或者用航海术语说，我希望在它的上面找到一个“人孔”。可是我们脚下的钢板严丝合缝，每一行的铆钉都整整齐齐的，恐怕连一滴海水都钻不进去吧。

到凌晨4点，怪物开始加速前进，海浪不断地向着我们扑打而来。尼德·兰德一边大骂着“这家伙一点儿都不好客！”一边使劲跺着脚下的钢板。值得庆幸的是，怪物没有继续下沉。

一块钢板突然掀了起来，里面有一个人探出头来。当他看见我们的时候愣了一下，随后发出了奇怪的叫声，又立刻缩了回去。

但是马上又从那个位置出来了8个强壮的蒙脸大汉，粗暴地将我们带进了这个奇怪的机器中。

第八章 动中之动

一连串的事情发生得都是那么突然，还没等我们反应过来，我们就已经置身于这个奇怪的浮动监狱中了，我疑窦丛生，我们接下来将要和谁打交道呢？会不会是一群称霸海上的新型海盗呢？

盖板关上之后，我们的周围是漆黑的一片，我感觉脚下经过了一个铁梯，下去之后，有一扇门被打开了，我们被推进了这个房间，门被狠狠地关上了。

尼德·兰德对他们这种“款待”方式很是愤怒，嘴里不停地咒骂：“混蛋！你们还想把我们吃了不成？”

“不要激动，尼德·兰德，”孔塞伊的语气显得异常平静，“先别生气，我们还没被放到烤炉里呢。”

我也告诉尼德·兰德说：“尼德·兰德，先不要发火，我们要小心，周围会不会有人监视我们，或者偷听我们讲话……先弄清楚这里究竟是什么地方吧！”

我开始摸索着前进，努力弄清楚周围的情况。我刚走了几步就撞到了一堵铁墙，我转过身来，又碰到了一张桌子，另外还有几把木椅。地上铺的是柔软的垫子，在上面走着，不会发出一点声响。除了门之外，整个房间再没有其他与外界连接的通道了。孔塞伊开始用步子丈量这个舱房，整间舱房大约有6米长、3米宽，高度便无从知晓了。

半个小时过去了，房间里依然是一片漆黑。突然，有一道强光迸射出来，我们都睁不开眼睛。这道强光来自舱顶上的一个半球体，过了好一会儿，我们的眼睛才能逐渐适应这耀眼的强光。我们很快认出来，它就是散布在“林肯”号周围的“磷光”，这些光芒看起来很美丽，雪白而又强烈。

“总算能看得清楚了！”尼德·兰德叫喊着，顺便拿出一把小刀，做好了防御的准备。

又过了一会，舱房的门被打开了，进来两个人，一高一矮，矮个子的很强壮，留着络腮胡子，高个子的相比之下，气质非常高雅，气度沉着，眼睛里发出锐利的光芒。从这个高个子的人脸上来判断，他应该是一个坚强、冷静的人。

眼前这个高个子的年龄我没有办法确定，但是从举止间可以看出，他应该就是这艘船的负责人。他仔仔细细地打量着我们，随后跟自已的同伴交谈了几句。他们的语言是响亮、多变，并且和谐的。但是我们3个人中，没有一个人能够听懂他们在讲什么。

他的目光投射到我身上，仿佛在向我发问。

我用法语介绍了我们的来历，但是对方听了我的话，好像没什么反应。他们好像听不懂我在讲什么，这让我很是为难。

接下来，我尝试用英语和这个高个子的男人交流，但是在我说了很多话之后，他们依然没有任何反应。我请尼德·兰德上前和他们交流，尼德·兰德很愤怒地质问他们，为什么蔑视人权，把我们关在这里。尼德·兰德指手画脚，大喊大叫，最后还不忘用手势表示：我们到现在还饿着肚子呢！

但是在一番“交流”之后，那两个人还是一点儿反应都没有，甚至连眉头都没有皱一下。

这让我们感到绝望。这时，孔塞伊说：“先生，请让我来试试吧，我会说德语。”

孔塞伊用镇定的语调，将我们三人的来历用德语讲了一遍。但是，德语好像也没有什么作用。绝望之中，我想起我早年还学过一些拉丁语，我磕磕巴巴地操着拉丁语，又将我们的经历说了一遍，但是依然起不到任何作用。

所有的尝试都失败了。两个人用我们听不懂的语言说了几句话，关上门就走了。

尼德·兰德当时的愤怒可想而知，这已经是尼德·兰德第20次发火了。

“这些人有自己的语言，但是好像不愿意让别人知道他们说的是什么！但是连要吃的都看不明白吗？张开口、动嘴、咬咬牙和嘴唇，意思不都很清楚吗：‘我饿了，给些吃的’……”

“唉！”孔塞伊也在一旁叹气，“世界上居然还有这么笨的家伙！”

就在我们说话的间隙，门开了，有一个仆人给我们送来了衣服，是一件上衣配一条在海上穿的短裤，每个人一套。我们赶紧将自己的残破、湿漉漉的衣服换了下来。这些衣服的料子很奇怪，我们都看不出是用什么做的。

与此同时，仆役们又在桌子上摆上了三副餐具。为我们准备的餐饭用银质的罩子盖着，打开一看，里面是烹调得很高明的菜和鱼，但是这些菜是用什么做的，我们从来没有见过，甚至看不出来究竟是植物还是动物。没有酒喝，没有面包吃，饮料只有清水，这样的餐点显然是不符合尼德·兰德的胃口的。但是水喝起来让人感觉清凉，银质的器皿看起来也无比精致，每一件东西，匙子、叉子、刀、盘，上面都有一个字母，字母周围有一句题词，我们照原来的样式抄在下面：

MOBILLS iN MOBILD，动中之动！这句题词只要把原来的IN字译成“中”字而不译成“上”字，就正好用在这只潜水船上。“N”可能是在海底下发号施令的那位神秘人物的姓名开头的一个字母！

尼德·兰德和孔塞伊并没想这么多，他们开始狼吞虎咽地吃了起来，我也一样。尽管我们不能顺利地和他们进行交流，但是，有一件事情是显而易见的：他们并不想把我们饿死。

肚子填满之后，睡意向我们袭来。我们已经连续和死神进行了一整夜的斗争了，现在想睡觉也是很自然的事情。

我的两个同伴席地而卧，不一会儿就听见他们安心的鼾声了。但是，我却怎么也睡不着，思绪万千：我们现在究竟在什么地方？到底是一股怎样奇怪的力量将我们带到此地？船好像开始向海底沉下去了，这是为什么？不久之后，我也迷迷糊糊地进入了梦乡。

第九章 尼德·兰德的愤怒

我们究竟睡了多久，不得而知，但我想时间一定不短了。我是第一个醒来的，睁开眼睛看了看，我的同伴还在睡着，一点动静都没有。

从这张硬邦邦的床上起来，我立刻感到我的头脑清醒了，我的精神充沛了。于是我又重新观察我们这间牢房.里面的布置丝毫没有变动。牢房还是牢房，囚徒还是囚徒。不过那个侍者乘我们睡熟的时候，把桌上的东西拿走了。没有任何迹象可以表明我们的处境就会发生变化，我冷静地在想，我们是不是注定要永远生活在这个囚笼中。

这种苦难就要临头的思想使我更为难过的是，我脑子虽然不像昨天那样纠缠不清了，可是心口上总觉得特别压抑。我呼吸非常困难，浓浊的空气已经不够我肺部一呼一吸的调换。虽然牢房还算宽大，但很明白，我们已经消耗掉了里面大部分氧气。本来每人每小时要消费一百升空气中所含有的氧，这空气到了含有差不多等量的二氧化碳时，就不能呼吸了。

因此，给我们的牢房换换空气，是很迫切需要的了，无疑的，整个潜水艇也该换换空气了。

这使我想到一个问题。这所浮动住宅的首脑是怎样解决换气问题的？他是用化学方法获得空气的吗？是用氯酸钾加热放出氧气，还是用氢氧化钾吸收二氧化碳气呢？真是这样的话，他必须与陆地保持一定的联系才能取得这些化学原料。或者他只是利用高压力把空气储藏在密封的房间里，然后根据船上人员的需要再把空气放出来吗？或者是这样。或者，他是用更方便，更经济，而且更可能的方法，那就是像鲸鱼类动物一样，浮到水面上来呼吸，二十四小时换一次空气。不管怎样，不管用哪种方法，我觉得为了慎重起见，现在应该赶快使用了。

事实上，我不得不加紧呼吸，把这房间里很少的一点氧气都吸取了，这时候，我忽然吸到一股带海水咸味的新鲜空气，我感到凉爽轻快。这正是使人精神焕发的海风；含有大量碘质的海风！我张大了嘴，让肺部充满了新鲜气体。同时我感到船在摇摆。这铁皮怪分明是浮到海面上来，用鲸鱼呼吸的方式呼吸了。因此我完全肯定了这船调换空气的办法。

一股清新的空气吹着我的脸，还带着一些咸咸的海洋气息，顿时让我感觉清爽无比，仔细一看，原来在门的上方有一个气孔，新鲜的空气就是从那里进来的。

孔塞伊和尼德·兰德在新鲜空气的刺激之下，几乎是同时醒来的。他们揉着眼睛，伸了个懒腰，爬了起来。

“先生，睡得好吗？”孔塞伊问我，就像往常一样彬彬有礼。

“很好，孔塞伊。”我说，“你呢？尼德·兰德，你睡得好不好？”

“睡得很香，我好像还闻到了一股海风的味道。”

我告诉他，当他睡熟的时候所发生的一切。

“对！”他说，“这就完全说明了我们在林肯号上看到这条所谓独角鲸的时候所听到的那种吼声了。”

“不错，这是它的呼吸声！”

“不过，阿龙纳斯先生，现在几点钟了，我完全不知道，恐怕至少也是晚餐时候了吧？”

“老实的鱼叉手，现在恐怕至少是午餐时候了，因为从昨天算起，我们现在是在过第二天了。”

“这么说，我们是睡了二十四个小时了。”孔塞伊说。

“我想是的。”我答。

“我不反对你的意见，”尼德·兰德答道，“晚餐也好，午餐也好，不管侍者送来什么，我们都欢迎。”

“晚餐和午餐都来。”孔塞伊说。

“不错，”加拿大人答，“我们有权利要这两顿饭，这两顿饭我都得尝尝。”

“对呀！尼德·兰德，再等一会儿，”我说，“现在很清楚，这些人并不想饿死我们，因为，如果要饿死我们，昨天的晚餐便没有意义了。”

“是要把我们填肥！”尼德·兰德说。

“我反对你的想法，”我说，“我们并不是落在吃人的野蛮人手里！”

“一次送饭不能作为定论，”加拿大人很正经地说，“谁知道这些人是不是很久就没有新鲜的肉吃了，真是这样的话，像教授您，您的仆人和我，三个身体康健的人的肉……”

“尼德·兰德师傅，您不要这样想，您更不能从这个角度来反对我们的主人，这样只能使情势更加严重，更加不利。”我说道。

“不管怎样，”鱼叉手说，“我肚子饿得要命，晚餐也好，今餐也好，还不送来！”

“尼德·兰德师傅，”我说，“我们要遵照船上的规定，我想我们的胃口是走在用餐时间的前面了。”

“是！我们把胃口摆在规定的餐时就好了！”孔塞伊安静地说。

“孔塞伊先生，在这件事上我佩服您，”性急的加拿大人答道，“您不发愁，也不冒火！总是镇定，若无其事！您可以把饭后的祷告挪到饭前来念，宁愿饿死，也不肯埋怨！”

“埋怨有什么用呢？”孔塞伊问。

“至少总可以出口气呀！能这样就已经不错了。如果这些海盗——我说海盗是尊重他们，并且我也不愿意使教授不痛快，他不让我叫他们吃人的野人———如果这些海盗认为他们把我关在这气闷的笼子里，而可以一点儿也不让到我发脾气、咒骂，那他们就弄错了！好，阿龙纳斯先生，请您老实说，您想他们会不会把我们长时间关在这铁盒子里？

“老实说，我知道的并不比您多。”

"那么，您就猜一猜，怎么样？"

"我想，这次偶然事件使我们知道了一个重大的秘密。如果潜水艇上的人认为这个秘密对他们有重大利害关系，一定要保守，如果这种利害关系比三个人的生命更重要，那么，我认为我们的生命就危险了。反过来，如果情形不是这样，那么，一有机会，这个吞食我们的怪物就可以把我们送回我们人类居住的大陆。"

"就怕他们把我们编入他们的船员名册中了，"孔塞伊说，"把我们留下来了……"

"一直到有一艘比林肯号更快、或更灵巧的战舰，破获了这个匪巢，把巢中的人员和我们送到船上大桅的横木上，让大家自由自在，尽量呼吸一次空气。"尼德·兰德说。

"尼德·兰德师傅，您想得对，"我说，"可是，到现在为止，人家还没有向我们提出关于这事的建议，我们现在就来讨论应该采取哪一种办法，是没有用处的。我一再说，我们要等待，既然没事就不必随便找事。"

"正相反！教授，"鱼叉手答道，"我坚持自己的意见，一定要干一下。"

"哎！尼德·兰师傅，干什么呀？"

"我们逃。"

"逃出陆上的监牢都很困难，何况逃出海底的监牢？我看绝对办不到。"

"好吧，尼德·兰德，"孔塞伊问，"您怎样回答先生的反对意见呢？我相信一个美洲人是不会被弄到理屈词穷的！"

鱼叉手显然很为难，没有作声。在目前的情况下，想逃出去，是一件绝对不可能的事。但一个加拿大人应当算做半个法国人，从尼德·兰德师傅的回答，就可以看出来。

“那么，阿龙纳斯先生，”他思考了一会儿说，“您想想看，那无法逃出监牢的囚徒该怎么办呢？”

“想不出来，我的朋友。”

“这很简单，就是自己想办法留在里面。”

“对呀！”孔塞伊说，“留在里面总比留在上面或下面好些！”

“不过，首先要将看守、警卫和把门卫的都赶出去。”尼德·兰德补充说。

“尼德，兰德，您说什么？您真想夺取这只船吗？

“真想。”加拿大人回答。

“这是不可能的。”

“先生，为什么不可能呢？说不定会碰到好机会呢，那时，为什么不利用呢？如果这只机器船上只有二十个人，我想，他们是不能使两个法国人和一个加拿大人退缩的！”

与其争论下去，还不如接受鱼叉手的提议。所以我只作了下面的回答：

“尼德·兰德师傅，到那时候我们再想办法。不过，我求您，在机会到来以前，千万不要性急，千万要忍耐，我们只能有计划有策略的行事，发脾气是创造不了有利条件的.所以您要暂时忍耐，不能过于激动。”

“教授先生，我答应您不发脾气。”尼德·兰德带着使人不安心得语气回答，“我不说一句粗话，也不露一个结果对我不利的粗暴动作，就是桌上的菜饭不按照自己希望的时间端出来，我也同样不发火。”

“尼德·兰德，这么说，那就一言为定了。”我说。

随后，我们的谈话停止了，我们各自思考。至于我个人，我承认，不管鱼叉手怎样有信心，我对他的办法丝毫没有什么幻想。我不承认会有像尼德·兰德所说的那些机会。这艘潜水艇既然能开得这样稳稳当当的，上面一定有不少人，因此，万一打起来，我们碰到的对手是强大的。再说，最要紧的是能够自由，可是我们现在根本就没有自由。我简直想不出有什么方法可以从这铁板房里、逃出去。其次，如果这位古怪的船长要想保守一点儿秘密，他决不让我们随便在船上自由行动。现在，他会不会用暴力把我们于掉，或者有一天把我们抛弃在某一个角落里，这都是不可知的事。不过这些假设在我看来都十分可能，都可以讲得通，只有那脑筋简单的鱼叉手才指望能够重新获得自由。

我看得出尼德·兰德因为脑子里想得太多，变得更加激动了。我渐渐听到他嘴里嘟囔着不知骂些什么，我看见他的样子愈来愈怕人。他站起来，像一只关在笼中的野兽，转来转去，用脚踢用拳打墙壁。时间过得很快，大家感觉饿得厉害，这一次，侍者并没有来。如果他们对我们真的没有恶意的话，现在真是有些过于忽视我们了。

尼德·兰德的胃口很大，他饿得发慌，越来越按捺不住了，尽管他有言在先，我还是怕他一看见船上的人就要发作。

门外终于传来了响动，金属地板上有人走动的声音，接着，我们房间的门锁开始转动，有一个侍者走了进来。狂怒的尼德·兰德朝着侍者扑了过去，一下子就将他按倒在地上，掐住了他的脖子，侍者已经快透不过气了。

我和孔塞伊都被眼前发生的状况吓了一跳。

孔塞伊和我正从尼德·兰德的手里往外拽被憋得半死的侍者，

突然耳边响起了几句法语，把我惊呆了：

“尼德·兰德，你要冷静一点儿！教授先生，请听我说！”

第十章　海洋人

说话的人正是昨天来见我们的高个子——这艘船的船长。

听到他说话，尼德·兰德马上放开了手，那个仆人被掐得几乎断了气，看到主人示意，他便歪着脖子向外走，并没有对尼德·兰德表现出任何厌恶的情绪，这也说明了船长的绝对威信。孔塞伊对眼前发生的事情有点摸不着头脑，我也待在原地，想看看事情的下一步发展。

经过片刻的沉默之后，船长镇定地用法语对我们说：“先生们，我是会说英语、法语、德语和拉丁语等等。本来上次见面的时候我可以回答你们的话，但当时我们不认识，我想先把你们的身份弄清楚。你们将事实陈述了好几次，内容都是完全一致的，我才能确定你们的身份。”

船长说话轻松自如，没有一点乡土口音，甚至用词造句都是那么规范，但是我却不相信眼前的船长是我们的法国同胞。

“真的很抱歉，现在才再来看你们。你们可能会觉得我将事情耽搁太久，可是，我之所以这样做，是因为我在犹豫，我在考虑究竟要怎么对待你们。因为你们是在与一个和人类世界断绝来往的人打交道，你们打乱了我的生活……”

“但是我们不是故意的。”我说。

“不是有意的吗？”船长提高了自己的声音，“‘林肯’号在海上四处追逐我们、炮轰我们，这些难道都不是故意的？尼德·兰德师傅还用鱼叉扎我们的船，难道这些都不是有意的吗？”

从眼前这位船长的话中，我们能感觉到的是一股压抑着的愤怒。但是对于他的责问，我们有充分的理由来驳斥：

“先生，您大概不知道吧，您的潜水船在美洲和欧洲都引起了极大的轰动和恐慌，我不想多做解释。人们为了弄清楚这些只有您才清楚的神秘现象，进行了各种各样的猜想。我想告诉您的是，‘林肯’号之所以在太平洋北部追逐您，是为了保障海上的安全。我们一直以为，我们在驱赶的是一个怪物，并下定决心要将它从海洋中消灭掉。”

船长的嘴角露出了一丝微笑，语气也变得平和了一些，他对我说：“阿龙纳斯先生，要是您知道追逐的不是一头怪兽，而是一艘潜水艇，你们就会停止追逐和炮轰了吗？”

我知道这二者对于倔强的法古拉舰长来说都是一样的，不管是什么，他都不会有任何犹豫，船长提出的这个问题，让我很难回答。

船长接着说：“先生，我们暂且把你们当成敌人来看待，我们也没有义务接待你们，如果我不想管这件事情，我就不会来这里看你们。要是这样的话，我只要将你们重新放回平台上就好了，当你们不存在，只管自己潜入水中就是，难道我没有这样做的权利吗？”

“这样的权利也许是野蛮的，”我说，“文明人没有这样的权利。”

“阿龙纳斯先生，”船长的情绪再次激动起来，“我并不是你们口中所标榜的文明人！我早就和这个世界断绝了联系，我可以丝毫不受人类社会道德的约束，希望您以后也不要在我面前提这些东西。”

船长的话简单明了，在他的眼睛里，闪烁着愤怒和蔑视的光芒。可以想象得出，船长一定经历过什么不一般的事情。他将自己独立于人类的法律之外，并且是真正意义上的独立、自由、不受任何约束，哪怕在海面上都没有人是他的对手，还有谁敢到海底去追逐他呢？

再一次经历了很长时间的沉默，船长又开始说："我确实犹豫了很久，虽然我已经和人类断绝了联系，但是我努力地将自己的利益和与生俱来的同情心进行了协调。是命运将你们送到了我的船上，你们就待在这里吧。你们在这条船上是自由的，但是还有一个条件要你们答应，只要口头答应就好。"

"请问是什么条件？"我们异口同声地问道。我又说："我想船长说的这个条件一定是一个正直的人可以接受的吧？"

"是的，先生。平时你们在船上可以自由活动，但是有紧急情况发生的时候，我必须限制你们的自由，你们就必须待在舱房里几小时，也有可能是几天。我不喜欢使用暴力，我只是希望你们在那种情况下绝对地服从。"

"请原谅，先生，您说的这种自由，和囚犯在监狱中的走动有什么区别吗？您知道的，这种自由对我们来说是不够的。"

"但是你们应该对这样的结果感到满足！"

"什么意思？您是说要我们放弃回到祖国，不能再和亲人、朋友们相聚吗？"

"是的，先生。陆地就像一个令人难以忍受的枷锁，戴着这样的枷锁，人们还以为自己在自由自在地行走。抛弃那些枷锁吧，这里或者并不像你们想象的那么痛苦！"

"真是活见鬼！"尼德·兰德大喊着，"我绝不保证我不想方设法逃走！"

"尼德·兰德师傅，我并不需要你的保证。"船长冷冰冰地说。

我知道这二者对于倔强的法古拉舰长来说都是一样的，不管是什么，他都不会做任何犹豫，船长提出的这个问题，让我很不好回答。

“先生，”我再也克制不住心中的怒火，对船长说，“您真是蛮不讲理！”

“不，阿龙纳斯先生，我这不是残暴，而是仁慈！你们是战场上的俘虏！你们曾经击杀过我们，本来只要我一句话，就可以将你们沉入海底的深渊，但是我却没有这么做，我让你们留下来了。你们知道了世人不知道的秘密——我的存在，你们因此就再也不能回到地面上去了。”

可以看得出来，这位船长也是一个十分固执的人！什么理由都不能使他动摇自己的想法！

“先生，”我对船长说，“您的意思是让我们三个人在留下来和去面对死神之间进行选择是吗？”

“没错，正是这个意思！”

过了一会儿，船长换上了比较温和的语气说道：“请你们容许我把话说完。你们应该不至于埋怨命运将我和你们联系在一起吧？在我喜欢研读的名著中，有您的关于海底秘密的大作。陆地上的学问，您都已经研究得差不多了，但是现在的您，关于海洋生物，依然是什么都不懂，什么都没有见识过，在接下来的日子里，您将会在一个神奇的世界里遨游，我保证您见到的都是这个世界中最神奇的景象，你们肯定会震惊并且感慨不虚此行的！”

不能否认，船长的这番话，对我有着非同一般的吸引力，可以说是正中下怀。在这个神秘的船长将要离开的时候，我开口问他：“请问应该怎么称呼您？”

“阿龙纳斯先生，”船长回答说，“对你们来说，我就是内莫船长；从我这里说，你们就是‘鹦鹉螺’号的乘客。”

“内莫”在拉丁语中的含义就是“没有这个人”的意思。

内莫船长转身叫了仆人，一个仆人进来，他们用我们听不懂的话交谈着，船长又转过身来对孔塞伊和尼德·兰德说："你们需要的食物已经在舱房里了，请跟随这个人一同前往！"

"这个嘛！我是不会拒绝的！"尼德·兰德说。

尼德·兰德和孔塞伊走出了我们待了将近30个小时的房间。这时候，房间里只剩下我和内莫船长。

"阿龙纳斯先生，请允许我来带路，我们的午餐也已经准备好了。"

"遵命，船长。"

我在内莫船长的带领之下来到餐厅。餐厅里的氛围是安静并且祥和的，家具和摆设都很精致。餐厅里面的陶器、瓷器都是价值连城的，在顶灯的照耀下熠熠生辉。就连餐桌上的餐具也是金光闪闪的，仰头看去，天花板上还有精美的图案，透过这些图案，光线也变得柔和而悦目。

午餐有好几道菜，所有的菜都是以海产品为主料的，但是要我说，我也说不出究竟用了哪些材料。这些食物可以称得上是真正的佳肴，虽然每一道菜都有一种特殊的味道，但是我很快就习惯了这些味道。

我没有向内莫船长发问，但是他好像已经猜出了我的心思，主动对我说："虽然这些菜您都没有见过，不过您也不用担心，这些菜都是既卫生又有营养的，我和我的船员们已经有很长时间不吃陆地上的食物了，并且我们的健康状况一直都很好。"

我将桌子上的菜肴一一品尝了一遍，不只是因为贪食，更多是因为好奇。一边吃饭，内莫船长一边给我讲述他自己那令人难以置信的故事。内莫船长所讲述的一切，彻底把我迷住了。

“阿龙纳斯先生，现在我们置身的大海是一个奇妙的、资源丰富的大海，它不仅给我们提供了各种各样的食物，还能为我们提供衣物，就像现在您身上穿的衣服，就是以某种贝类的丝足编成的，您睡的床铺，选用的是最柔软的海藻叶，包括房间里的香料，也是从海草中提炼出来的。现在，我的一切都是大海给予的，就像在未来，我还要将这一切归还给大海一样！”

内莫船长兴致勃勃地侃侃而谈，也许是意识到自己说得过多了，他的话戛然而止，站起来在房间里来回走动，等到情绪平静之后，又对我说：“阿龙纳斯先生，如果您愿意的话，现在我可以带您参观一下‘鹦鹉螺’号，请随我来。”

第十一章　“鹦鹉螺“号

在餐厅的后面，是一道双重门，打开之后，我跟随内莫船长走了进去。

那是一间图书室，面积和刚才的餐厅差不多，房间四周贴着墙壁放着几个高大的檀木书架，上面摆的是一层又一层统一装帧的书籍。书架前面摆放着一排符合人体曲线的沙发，沙发上面覆盖着褐色的兽皮，我想坐上去应该很舒服。在图书室的中间的桌子上摆放着很多刊物，我注意到很多报刊已经过期了。房间的天花板四周各有一个磨砂球，他们发出的电光十分柔和，将整个房间都笼罩在和谐、淡雅的氛围中。这一切都让我赞不绝口，我已经开始怀疑自己的眼睛了。

内莫船长告诉我，这间房里有1.2万册书籍，这些书籍是他和陆地的唯一联系。当“鹦鹉螺”号第一次潜入海底的时候，他就开始和这个世界断绝了关系。那一天，他买了最后一批书和小册子，还有几份报纸。

“阿龙纳斯先生，这里面的书籍您可以随意使用。”内莫船长对我说。

我走近书架，发现上面的书籍涉及科学、文学、哲学以及天文等等方面，各种语言的书籍都放在一起，但是这对于内莫船长来说不是什么问题，不管拿出哪本书，他都能流畅地读起来。

我的两部作品被放在了书架最显眼的位置。我们能得到船长的宽容接纳，可能和这两本书有莫大的关系。之后，我发现，数学家贝特朗所著的《天文学的创始者》也位列其间，由此推算起来，内莫船长在海底的生活至多只有3年时间。我又将书悄悄地放了回去。

这时候，内莫船长又打开了另外一扇门。进去之后，我发现房间内格外宽敞明亮，原来，这是一间长方形的客厅。这间客厅给人的感觉富丽堂皇，说是一间客厅，其实用博物馆来形容更合适不过。这间客厅里装满了自然和艺术的瑰宝，它们被一双巧手收纳于这个房间里，彼此间完美地融合在一起。四周的墙壁上是清一色图案的壁毯，壁毯上面挂着30幅历代名画，达·芬奇的圣女图和拉斐尔的圣母像也位列其中。还有模仿古代著名雕刻的小型铜像，也和石膏像一起摆在一座架子上。

在客厅的另一头，摆着一架管风琴，上面放着很多著名音乐家的乐谱。除了这些艺术作品之外，客厅里面还有很多自然界罕见的动植物，以及其他的一些海洋生物标本。大厅的中间是一个喷泉，晶莹的水珠喷向空中，在灯光的照耀下闪着迷人的光芒，之后又落回到一个用巨大贝壳制成的钵池中，这个贝壳池的周长有将近6米，比著名的巴黎圣母院的贝壳池还要大得多。

陈列在其中的物品，件件都堪称珍品，想要估算它们的总价值恐怕很难。这些东西，恐怕会花去内莫船长上百万法郎吧。我很自然地想到：内莫船长是从哪里得到这样一笔巨款，并且购置船上物品的呢？

我正在思考，内莫船长的话打断了我的思路："教授，您观察的这个贝壳，它能够让生物学家产生浓厚的兴趣，这是很自然的事情，但是在我看来，它们仅仅代表的是一种乐趣而已，因为这些都是我亲手搜集来的，只要是地球上面的海洋，就在我的搜集范围之内。"

"内莫船长，我能够体会当您搜集这些珍宝的时候，那种爱不释手的感觉，欧洲任何一家博物馆所拥有的海洋收藏品都不能和您的收藏相媲美。但是，对于装载这些珍宝的这艘船，我更是找不到一个词汇来形容它。这里的一切都引起了我强烈的好奇心，就拿这些挂在墙上的仪器来说，我根本不知道它们是用来干什么的，不知道我能否有幸知道它们的用处呢？"

"阿龙纳斯先生，我之前已经说过了，您在船上是可以自由行动的，而且，我很愿意做您的向导。"

"非常感谢您内莫船长，但我不能妄用您的美意，随便乱问，我只想问那些物理仪器是作什么用的。……"

"教授，这样的一些仪器，我的房子里也有，到我房中的时候，我一定给您讲解它们的用处.现在请先去参观一下给您留下的舱房。您应该知道您在诺第留斯号船上住得怎么样。"

我跟在内莫船长后面，从容厅的一个门穿出，又回到过值中。他领我向船前头走去，我在那里看到的不仅仅是一个舱房，并且是有床、有梳洗台和各种家具的一个漂亮的房间。

那是一间图书室，面积和刚才的餐厅差不多，房间四周贴着墙壁放着几个高大的檀木书架，上面摆的是一层又一层统一装帧的书籍。

我不能不十分感谢我的主人。

“您的房间紧挨着我的房间，”他一边打开门，一边对我说，“我的房间跟我们刚离开的客厅相通。”

我走进船长的房间里。房间内部朴实整齐，有点像隐士住的，房中有一张铁床，一张办公台和一些梳洗用具。淡淡的灯光照着内部。里面没有什么讲究的东西。只有一些必需品。

内莫船长指着一把椅子，对我说：“请坐。”

我坐下，他对我说了下面的一些话。

第十二章 一切都用电

船长指着墙上的仪器，一一为我进行介绍。在这些仪器中，有的是常规的航海仪器，比如测量船内温度的温度计、监控大气压力的气压计，还有湿度仪、罗盘、经纬仪和望远镜等等。但是有的仪器却让我感到十分陌生。

“这些是航海家常用的仪器，”我问，“我知道它们的用法。但这里还有其它的仪器，一定是作为诺第留斯号特殊需要而用的。我现在看见的这个表盘，上面有能转动的针，那不是流体压力计吗？”

“您说的没错，教授！它和海水是相互连通的，能够准确地将海水的压力展现出来，便于我们确定船所在的深度。”

“那些新型的仪器又有什么用途？”

“这个是温度测定仪，它能够测定不同深度下海水的温度。”

“哦！内莫船长，我怎么也猜不透这些器械的用途。”

“教授，这个我恐怕要向您解释一下，”内莫船长说道，“我们的船上使用的是一种方便、快捷并且强大的原动力，这一切都是靠它。它为我们的船提供光和热，并且让所有的机械转动起来。”

“电！”我惊叫了起来。

“没错，先生！”内莫船长说道。

“可是内莫船长，您的船移动速度相当快，这和电力是不相称的啊。根据我的了解，电力是有限的，它能产生的力量也是相当有限的！”

“关于这个，教授，我只能告诉您，我们所使用的电，并不是一般的电，目前，我只能告诉您这一点儿。”

“内莫船长，我其实并不想寻根究底，我只是对这条船的效能和力量感到吃惊。我想问您一个问题，若是您感觉不妥当的话，可以不用回答，我想知道提供这种电力的原料是什么？比如锌，但是这会很快耗尽的，另外您已经和陆地断绝了联系，您又是怎么补充原料的呢？”

“我可以回答您的问题，产生电力的原料来自于大海。”

“是由大海来补给原料的？”

“没错，我的船用的原料并不是锌，而是钠，钠电池的动力要比锌电池强劲得多。我想您一定知道，海水中含有大量的氯化钠，我只要想办法从海水中提炼出钠就可以了。”

“船长，您真了不起！”我对内莫船长感到万分钦佩，“很显然，您现在已经寻找到了人类在将来可以取代风、水和蒸汽的能源。尽管如此，电并不能制造出空气吧？”

“完全不能。但是也没什么关系，我的船随时可以上浮到海面上，尽管电不能提供空气，但是我却可以用强大的气泵将空气压缩后，贮存在密封罐里，这样，我们在水下的时候也有新鲜的空气可以使用。”

说完，内莫船长建议我去看一下“鹦鹉螺”号的后部。我在船长的带领之下，沿着一条狭窄的甬道，一直从船头来到了船尾。当我们走到中间位置的时候，在头顶上方，有一个井状的开口，有一架铁梯与之相连。

“这架梯子是做什么用的呢？”我问船长。

“这架梯子可以通往小艇所在的位置。”船长回答。

内莫船长的回答又一次让我感到了惊讶。船长说：“在船上面有一个凹槽，那些小艇都是用螺栓固定上去的。正好小艇上面有一个出入孔，可以和船的出入孔连接。所以我们可以直接从潜艇进入小艇。必要的时候，只要松开螺栓，小艇就能在最短的时间内浮到水面上，再竖起桅杆，挂上风帆，或者用桨划水，就可以前进了。”

穿过了铁梯，又走过了几间舱房，我们来到了机房。这是一间很大的工作室，长20多米，里面很明亮。整个工作间被分成两个部分：发电间和轮机间。我们进去之后，就闻到了一股奇怪的味道，这味道让我感觉到浑身不舒服，内莫船长发现了我的反应，开始解释道：

“这种让人不舒服的气体是钠分解时产生的。所以，每天早上的时候，我们都要上浮到水面通风排气。”

我怀着浓厚的兴趣，参观了“鹦鹉螺”号的轮机部分。内莫船长告诉我，推进器的叶轮半径有3.5米，每分钟可以高达120转。

“那么，它最大能达到的速度是多少？”

“时速50海里。”

我曾经亲眼目睹“鹦鹉螺”号在“林肯”号眼前展示的前进速

度，我对此一点也不怀疑。但是我还有一些问题想不明白：电怎能发生这么强大的力量呢？这种差不多无限制的力量是从哪里得来的呢？这是从一种新型的变压器所造成的高电压中得来的吗？还是从一种秘密的杠杆机构可以无限制的增强的转动中得来的呢？这是我不能理解的问题。

“内莫船长，“我说，“我看到摆在面前的事实，我不想求得这些事实的说明。我看见了诺第留斯号在林肯号前面行驶的力量，我就知道它的速度了。但只能使它走动是不够的，我们还要能看见它向哪里走去！我们还要能指挥它向左、向右、向上、向下！您怎样能使它潜人最深的海底，因为水下面的阻力在不断增长，计算起来是有几千、几万的大气压呢？您怎样又能使它上升到海面来呢？最后，您又怎样能使它维持在您认为合适的深度里面呢？我问您这些问题是不是太冒昧了？”

“一点儿都不冒昧，教授，”他略为迟疑了一下回答，“因为您已经不能离开我这只潜水艇的了。请你进客厅来。客厅是我们的真正工作室，在客厅里，您可以知道您对于诺第留斯号应该知道的一切！”

第十三章 几组数字

不一会儿，我和内莫船长已经坐在了客舱的沙发上，我们安静地品味着雪茄的美妙滋味。内莫船长把“鹦鹉螺”号的详图在我的面前摊开，这张图上有“鹦鹉螺”号的平面图、侧面图和投影图。接下来，船长又把“鹦鹉螺”号的特点，一一为我做了介绍。

“阿龙纳斯先生，您现在所乘坐的是一艘很长的圆筒形潜艇，乍一看，它就像一支雪茄。这个圆筒长70米，船身最宽处有8米。这种流线型的设计，便于排水，在船航行的过程中，阻力就大大地被减小了。

“船体我们采用的是双层结构，分为内壳和外壳。两层壳之间，我们用‘T’形铁条连接起来，组成和细胞内部一样的网格，这样一来，船体就足够坚固，可以抵抗外界的损伤。它不怕最强的风浪，原因就在于此。

“‘鹦鹉螺’号的重量为1356吨，当它在海面上时，浮出水面的面积约为全船面积的10%。另外，我还专门设计了一个容积为150吨的储水仓，当我们将储水仓的水灌满时，就可以达到下潜的目的。储水舱位于‘鹦鹉螺’号的底层，只要打开阀门，水就源源不断地进入船体之中了。

“‘鹦鹉螺’号还有可以容纳上百吨水的补充储水仓，主要用来调节进水量，有了它，我们就可以自由地将船下潜到不同深度，甚至还能潜到最深的海底位置。当我想要让它上升的时候，只要排水就可以了。当我想船体的10%露出水面的时候，我只要把储水仓的水排干净即可。”

这真的太了不起了！但是我的心中还是有很多疑问，我继续向内莫船长提问：“在大海深处前进，想要看清周围的情况就一定要有光线，但是海底是一片漆黑……”

“在舵舱的后面，我装了一个强光探照灯，它足以照亮半海里以内的水域。”

“天呐！真了不起！真是太了不起了！到现在我才明白，所谓的独角鲸放射出的磷光是怎么回事，它曾经让众多的学者大伤脑筋。

内莫船长，顺便问一下：‘斯戈提亚’号被撞的事件曾经轰动一时，这是一次偶然事故吗？”

“那的确是一场意外！那时候我正在水下2米处前进，所以才会发生意外。不过幸好‘斯戈提亚’号并没有受到太大的损失。”

“是的，内莫船长，‘斯戈提亚’号的确没有受到太大的损失，但是‘林肯’号呢？”

“阿龙纳斯先生，我对美国海军这艘英勇的战舰怀有敬意。‘林肯’号攻击我的船，我是被迫进行自卫！我做得不算过分，我只是让它不能再攻击我，它可以到附近的海港进行修理，这并不是一件困难的事情。”

“啊！内莫船长！”我失声尖叫起来，“您的‘鹦鹉螺’号真是一艘了不起的船！”

“是啊！教授，”内莫船长的情绪变得激昂起来，“我爱我的船，这艘独一无二、性能卓越的船，是我的最爱。对于‘鹦鹉螺’号，设计者比制造者有信心，而制造者又比船长更有信心，现在教授先生应该能够了解，我为什么对‘鹦鹉螺’号充满信心，因为我是船长，更是设计者和制造者！”

“啊！内莫船长！真了不起！您是怎么做到将它制造成功，同时又严守秘密的呢？”

“阿龙纳斯先生，我通常是使用假地址，委托世界各地的零部件制造商为我制造，然后运来。比如，龙骨在法国的克鲁索钢铁公司制造，推进轴则放到英国的明尼公司，利物浦的利雅得公司为我制造了船体……”

“那些只是零部件，您还要将这些零部件装配起来啊！”

“在大西洋中央，我选中了一个无人居住的小岛作为我的造船工厂，我和我的工人们，也就是由我选拔和招募的伙伴们，一起在那里努力为‘鹦鹉螺’号奋斗。经过我们的努力，潜艇终于装配完毕。之后，我用一把火将小岛上的一切痕迹都烧掉了，你知道，当时我甚至想用炸药炸掉那个小岛呢！”

“制造这样一艘船，费用一定是巨大的吧？”

“一般的铁壳船，每吨的造价在1125法郎，假设按照1500法郎来计算‘鹦鹉螺’号，那么就相当于168.7万法郎了。再加上里面的设备费用，应该达到了200万法郎。要是再算上收藏品的话，就有400万法郎之多。”

“最后问您一个问题，您一定很富有吧？”

“没错，我的确有雄厚的财力，要我帮法国政府来偿还亿万国债也不是什么难事。”

内莫船长究竟是不是在说大话？我对他的话将信将疑。不过，时间会向我们证明一切。

第十四章 黑潮暖流

地球上海水占的面积共计为三百八十三亿二千五百五十八万平方公里。海水的体积共有二十二亿五千万立方米，它可以成为一个圆球，这圆球的直径为六十里，重量为三百亿吨。想了解上面这个数目，必须设想这个数目与十亿之比，就好像十亿对一之比，即是说，在这个数目中所有的十亿数，等于十亿中所有的单位数。而这个数目的海水也就等于地上所有的河流在四万年中所流下来的水的总量。

在地质学的纪元中，火的时期之后为水的时期。最初，处处都是海洋，然后，在初期志留纪中，山峰渐渐露出来了，一些岛屿也浮现出来。洪水时期，又有部分山峰和岛屿在洪水中隐没，之后又重现出，连接起来，构成大陆，最后，陆地才固定为地理上的各大陆，跟我们今天所看见的一般。固体大陆从流体海水所取得的面积为三千七百万零六百五十七平方英里，即一千二百九十一万六千公亩。

地球上各大陆形状不同，把海水分为五大部分，即，北冰洋，南冰洋，印度洋；大西洋和太平洋.

“教授，要是您不介意的话，我们记录下现在所在的位置，这就是我们旅行的起点。现在是差一刻钟到正午，我准备先让船浮出水面。”内莫船长说。

内莫船长按了3次电铃，水泵开始将储水仓内的水排出。压力表的指针开始发生变化，一切都表明“鹦鹉螺”号正在不断地上升，直到最后停住了。

内莫船长说：“我们到了。”

我开始沿着“鹦鹉螺”号中央的铁梯一级一级向上爬。当盖板打开的时候，我们就来到了“鹦鹉螺”号的顶部。平台浮出水面大约有80厘米。我前后观望了一下，这个船体呈梭子状，再加上船身细长，就像一支雪茄一样。船体表面的钢板稍微错合，和陆地上爬行动物的鳞甲类似，怪不得人们会将“鹦鹉螺”号误认为是海洋里的动物，这样的构造，离得略远一些，即便用高倍望远镜来观察，也很难分辨清楚。

内莫船长随身带了测量太阳高度角的六分仪，根据六分仪的示数，就可以确定现在船所在位置的经纬度，内莫船长等了几分钟，太阳与地平线开始对齐。当他进行观察的时候，就像是一尊大理石雕像一样纹丝不动。

“阿龙纳斯先生，”内莫船长说，“现在已经是正午了，我们就此启程吧！”

我们重新返回客厅，船长开始在航海地图上标记方位，经过了一番计算之后，他转过来对我说：“阿龙纳斯先生，现在我们的位置是西经137° 15′……”

“请问内莫船长，现在我们的行程要以哪一条线作为本初子午线？”我问内莫船长，或许可以就此猜测出内莫船长的国籍。

“阿龙纳斯先生，”内莫船长对我说，“对于本初子午线，我有不同的计算方法，以英国的格林威治或者美国的华盛顿作为本初子午线都是可以的。不过，看在教授您的面子上，我决定用巴黎的本初子午线作为我们本次航行的基准线。”

听到内莫船长的这个回答，我内心的希望落空了。我对他点点头，对他的决定表示了谢意。

内莫船长接着说：“今天是11月8日，现在是中午，我们的位置是西经137° 15′，北纬37° 7′，我们确定的本初子午线是巴黎。目前我们距离日本海岸大约有300海里。现在就开始我们的海底探险活动吧！”

我说：“希望上帝保佑！”

“阿龙纳斯先生，”内莫船长说，“请您继续进行您的研究，现在我们的航向是东北偏东的方向，我们大约会潜入水下50米的位置。这些信息您在航海地图上都可以查到，上面有清楚的标记，教授您还可以随时查看航行路线。客舱您也可以随时使用，我先失陪一下！”

船长朝我行了一个礼，不紧不慢地走出了客厅，留下我一个人。我陷入了深深的沉思之中，眼前的内莫船长，声称自己不属于任何国籍，是不是我永远也无法知道内莫船长的真正国籍了呢？内莫船长对于人类深深的仇恨究竟是什么原因造成的呢？他究竟是一位学者还是一名政治家，或者是一位腰缠万贯的商人？

这些问题的答案，不知道能不能揭晓。这个偶然的机会，让我来到了内莫船长的船上，我想这肯定是命运的安排，而我的命运，也被操纵在了内莫船长的手中。他冷淡地收留了我，之后又热情地款待我。内莫船长不会握我伸向他的手，也从来不主动要求和我握手……

我在深深的思索中沉浸了整整一个多小时的时间。最后，我的眼睛落在了那张航海地图上，手指指着上面所标注的一个经纬度交叉点，这是一股暖流：日本洋流。“鹦鹉螺”号走的正是这一条水流。

正当我的思绪跟着这条水流一起奔腾的时候，尼德·兰德和孔塞伊出现在了客厅的门口。客厅里的陈设让他们两个人眼花缭乱。

“教授，现在我们究竟在什么地方？难道是魁北克的博物馆？”尼德·兰德大声喊起来。

孔塞伊也接着尼德·兰德的话说：“哦！这里好像是法国的大博物馆！”

“朋友们，”我叫住了尼德·兰德和孔塞伊，做了一个请他们进来的手势，“现在我们既不是在加拿大，也不是在法国，而是身在‘鹦鹉螺’号上，我们已经在50米深的水下了。”

“当然要相信先生的话。”孔塞伊说，“老实说，这个客厅，就是让我这个佛兰蒙人看来也要惊奇.”

“朋友，你惊奇吧，你好好地看吧，因为对于你这么能干的一个人，这里实在有不少的工作可做。”

我并不需要鼓励孔塞伊去做，这个老实人早就弯身在玻璃柜子上，嘴里已经低声说出生物学家所用的词汇：腹足纲，油螺科，磁贝属，马达加斯加介蛤种，等等……

这时，尼德·兰德问我关于跟内摩船长会谈的情形。问我是否发现他是哪国人，从哪里来，到哪里去……他问了许多问题，我简直来不及回答他。

我将我所知道的全部告诉他，我又问他，他看到些什么或听到些什么。“什么也没有看见，什么也没有听到！"加拿大人回答，“我甚至连这船上的人影也没看见。是不是他们都是电人？”

“电人！”

“我就是这样想的。可是您，阿龙纳斯先生，”尼德·兰德问，他总是不忘记他的那个念头，“您不能告诉我这船上一共有多少人吗？”

“尼德·兰德师傅，这我可不能回答您。而且您要相信我，现在您必须抛弃逃跑的念头。这船是现代工业的杰作，我如果没有看见它，我不知要怎么惋惜呢！所以您必须保持镇静。”

我们正在说着，客厅里的灯忽然熄灭了，整间房子一片漆黑。过了一会儿，有一阵物体滑动的声音传到了我们的耳朵里。

“一切都完蛋了！”尼德·兰德说。

“水母目！”孔塞伊低声说。

忽然，光线穿过两个长方形的孔洞，从容厅的四周射进来。海水受电光的照耀，通体明亮地显现出来，两块玻璃晶片把我们和海水分开。透过厚厚的玻璃，我们看见了外面被电光照亮的海底世界，电光是如此的强烈，甚至把“鹦鹉螺”号周围一海里内的景色都照得清清楚楚，我从来没有看见过这么光怪陆离的景色，生花的妙笔都难以描绘眼前的美景！

我们三个人都深深地陶醉在眼前的美景之中，谁都没有开口说话，最后，还是孔塞伊打破了沉默：“尼德·兰德，你不是说要好好

船体两侧的舷窗盖板打开了，透过厚厚的玻璃，我们看见了外面被电光照亮的海底世界，电光是如此的强烈。

看看海底的世界吗？现在你就看个够吧！”

“真是太美了！太美了！”尼德·兰德也暂时将他的愤怒和逃跑计划放到了一边，“哇！这么美妙的景色，要我多走些路来看看也是值得的！”

我和孔塞伊、尼德·兰德对眼前的景色都发出了由衷的赞美，同时也是最热情的赞美，尼德·兰德叫着从我们面前经过的鱼的名字，孔塞伊则对这些鱼进行分类。动人的形态，美丽的外观，这些鱼类在属于自己的世界里自由自在地遨游着。

晚上，我看书、写作，进行了一番努力的思考，当睡意来袭的时候，就躺在铺满海藻的柔软的床上，美美地睡上一觉。这时候“鹦鹉螺”号正在穿越日本暖流，向着前方飞快地前进着。

第十五章 一封邀请信

自从那天我和内莫船长在客厅畅谈之后，我再也没有见过他。是不是这位怪人生病了？现在的他是不是已经改变了原来对我们的安排？这些答案，我们无从知晓，不过，内莫船长信守了他的诺言，我们在船上有充分的自由，并且每日享用可口的饭食。我们丝毫没有埋怨他的理由，只是几天没有见到他而已。

11月16日，我到平台上呼吸新鲜空气的时候，发现桌子上有一封写给我的信。打开一看，字体很整齐，并且充满了书卷气，有些像德文的字体：

送交“鹦鹉螺”号阿龙纳斯教授

内莫船长敬请阿龙纳斯先生一同前往克里斯波岛森林打猎，时间定在明天清晨，欢迎教授的同伴们一同前往。

“鹦鹉螺”号船长内莫

1867年11月16日

尼德·兰德看到这封信之后，感到疑惑不解，马上惊叫起来：“打猎！难道这位怪人要到陆地上去吗？”

我又把信看了一遍，说道：“没错！内莫船长在信上说得明明白白！”

内莫船长不是很讨厌陆地的吗？为什么会邀请我们打猎呢？我想不出其中的原因。

第二天，我睁开眼发现船已经停止不动了。我穿好衣服，走进客舱。

我抵达客舱的时候，内莫船长已经在那里等我了，我直截了当地问他：“内莫船长，您不是已经和陆地断了联系吗？为什么又要到森林里去打猎呢？”

“阿龙纳斯先生，我的森林不需要太阳，也不需要光和热，狮子、老虎、豹子等等动物也进入不了我的森林。那不是陆地上的森林，而是一个海底森林。”

“海底森林？”我叫道，“难道我们要步行去吗？”

“没错，步行，而且还不用沾海水！”内莫船长信心满满地说。

“同时还能够打猎是吗？”

“同时还能打猎，我们还能拿出猎枪！”

我想，内莫船长是不是脑子出了毛病，难怪会一连8天都不露面呢，真是太可怜了！我还是希望他做回原来的怪人，总比现在这样发疯要好很多。

内莫船长邀请我共进早餐，我们一边吃一边聊，我终于弄清楚究竟是怎么回事了。

内莫船长说："我邀请教授到克里斯波岛的森林打猎，看起来也许是自相矛盾的，但是当我说那是一片海底森林的时候，您又以为我在发疯。教授，您这样判断就有点轻率了！"

"我想，只要人们有足够的空气，就可以在水下自由自在地生活，换一句话说，我们如果有一套潜水设备的话，就可以自由自在地前进了，但是我们还需要输送空气的管子，它会像锁链一样束缚我们的活动。假如我们用这样的方式和'鹦鹉螺'号连接，我们的活动范围，就会大大地受到限制，我们就不可能走远。"内莫船长进一步解释道。

"内莫船长，我很好奇，您是使用什么方法来保证人在海底的自由活动的？"我问内莫船长。

"我将您和您的两位法国同胞的设备进行了改装：我用厚钢板制成了一个密封罐，里面装的是50个大气压的压缩空气，这样一来，就可以把空气像士兵的背囊一样背在我们身上。不过，阿龙纳斯先生，因为海底的气压很大，所以我们必须要头戴铜质的潜水帽，我们的吸气管和呼吸管就连接在这个潜水帽中。"

"内莫船长，这真是一个好发明，我找不出哪里有不妥当的地方！"我从心底对内莫船长的发明发出了赞叹，"但是，这个潜水设备是靠什么照明的呢？"

"我们可以在腰部系上一个探照灯，里面有一组电池，我们就是用它来照明的。”

“那么枪呢？是不是用气枪打猎？”

“恐怕只能这样，船上的现有条件不能制造火药。”

想来想去，我还是觉得有些不妥当，于是问内莫船长：“内莫船长，气枪的空气会很快耗尽的呀？”

“我们所使用的是富尔顿制造的气枪，它是用压缩的空气激发的。当空气被灌进密封瓶中的时候，我们只需要操作一个阀门就可以了，这样一来，当我们在海底打猎的时候，既不浪费空气，又不会浪费子弹。”

“内莫船长，您能给我解释一下这是为什么吗？”

“因为那不是普通的子弹，而是一位叫作雷尼布洛克的奥地利化学家发明出的一种电气子弹：类似于小玻璃球，在里面灌铅，再输入高压电，只要稍微接近目标，就会马上炸开。被击中的猎物，不管身形多么巨大，都会马上倒地。”

“现在就把枪给我看看，我已经迫不及待了！”我从椅子上站起来，对内莫船长说，“您去哪儿，我也跟着您到哪里。”

我们来到轮机房旁边的一个小舱房，尼德·兰德和孔塞伊也在这里。在这间小舱房的墙上整整齐齐地挂着12套潜水服。

第十六章 海底漫步

尼德·兰德看着这些潜水服就产生了厌恶感，说什么也不想穿这些衣服。尼德·兰德说：“除非有人强迫我穿，不然我肯定不把自己装进这套衣服中！”

“尼德·兰德师傅，谁也不会强迫你。”内莫船长对尼德·兰德说了这样一句话，至于孔塞伊，他只是说：“先生到什么地方，我就跟到什么地方。”

两个船员帮助我们穿上了这套笨重的潜水服。服装是用橡胶做的，上衣和裤子是一体的，没有任何缝隙，结实又耐压。脚上穿的鞋子也很厚重，鞋子底下装有铅块。衣袖和手套也是连接在一起的，但是质地要轻得多，不会妨碍手部的移动。我们很快做好了准备，马上就要出发了。

和18世纪的潜水服比较起来，我们身上穿的这套衣服堪称完美！“鹦鹉螺”号的一位船员又将一支气枪递到我手中。这把枪看起来简单，但是枪是中空的，以存贮压缩的空气，在枪托中装有20颗电气弹。

“内莫船长，我们要怎么下到海底去呢？”我问了最后一个问题。

“阿龙纳斯先生，这个问题的答案您马上就会知道了。”内莫船长也开始动手穿潜水装。等一切准备就绪的时候，有一位船员帮助我们打开了与存放潜水服的舱房相连的另一间舱房，将我们几个人送进去之后，门马上关上了，我们周围是一片漆黑。

过了几分钟之后，有一阵呼啸之声传进了我的耳朵里，一股冷气从我的脚底传来。我知道，一定是有人打开了闸门，使外面的海水灌了进来。又过了一会儿，当另一扇门打开的时候，我们的双脚已经踩在海底上了。

内莫船长带着我们前进，孔塞伊紧紧地跟在我的身后，后面是其他的船员。我丝毫感觉不到潜水服和空气罐的重量，头也可以在帽子中自由地活动，我没有感觉到呼吸不畅，行动也没有受到一点儿限制。

我要怎样才能将我自己在海底漫步的感觉描述出来呢？这样神奇和新颖的感觉，连画笔都不能完整地描绘下来，相比起来，文字就更加相形见绌了。

阳光透过将近10米的水层照射到海底，这样的景象让我感觉到神奇。我们所在的位置是一个广阔的细沙平原，我们踩着透亮的沙子前进，我用手划开了水幕，有人走过之后，水幕就会自动合上，我刚刚留下的痕迹，马上就被强大的压力抹平了。走了一阵子，看看表，已经是上午10点钟了。阳光斜斜地照进海底，就像是经过了一道三棱镜，被分解成了7种颜色。海底的岩石、珊瑚、贝壳等等共同构成了一个五彩斑斓的万花筒，画家进行艺术创作的颜料，恐怕也没有眼前的景色丰富多彩吧！

快到中午的时候，阳光竖直照进海底，光线不再是曲曲折折的，颜色也开始变得简练起来。越是前进，光线就变得越暗。这里的水深应该已经达到了100米。前面有一些忽隐忽现的黑色块状物体，我想："那应该就是克里斯波岛森林吧。"我猜是的，我并没有弄错。

第十七章 海底森林

终于，我们来到了森林的边缘，这可能是内莫船长拥有的广阔领土中最美好的一处吧。内莫船长将这块领土看成是他自己的私有财产，而事实上，又有谁会来跟他来争夺这个海底森林呢？

在这片海底森林中，遍布着高大的海底植物，枝和叶排列得很

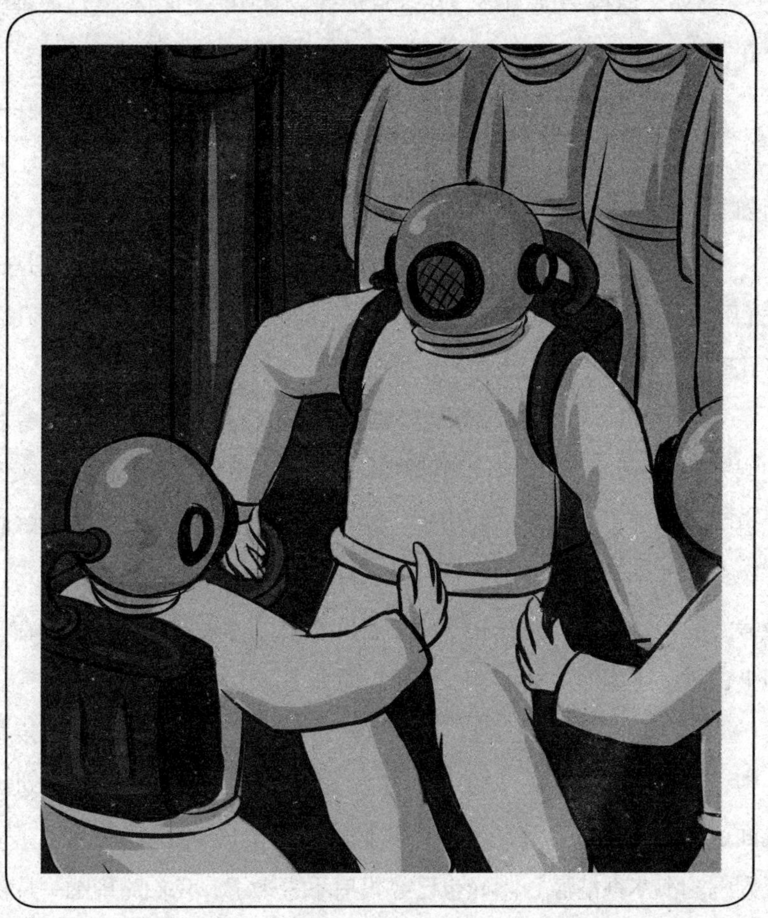

两个船员帮助我们船上了这套笨重的潜水服。服装是用橡胶做的，上衣和裤子是一体的，没有任何缝隙，结实、耐压。

奇怪，在来这里之前，我从来没有看见过这样形态的叶子：不弯曲，不横向发展，也不下垂，每片叶子都向上竖直生长。

另外，值得一提的是，在这片海底森林中，动物和植物很难区分开，因为在海底动植物的界限模糊不清，要想分清楚是很难的。

下午1点钟的时候，内莫船长示意我们休息一会儿。我们便在海草构成的摇篮里躺了下来，一根根海草都是竖直生长的，像极了士兵的剑。

在海草中美美地睡上一觉，真是一场绝妙的体验。可惜的是，我们现在不能进行语言的交流。我将自己的潜水帽靠近孔塞伊，我看见孔塞伊的眼睛里正闪烁着兴奋的光芒。

看着看着，我的视线开始模糊，我慢慢坠入甜美的梦乡。等我们醒来的时候，太阳已经向着西边走去了。内莫船长首先站起身来，我也跟着伸展了一下自己的腿脚。就在这时候，一只巨大的海蜘蛛瞪着一双浑浊不清的眼睛向我扑过来，内莫船长首先发现了它，他示意身旁的船员，船员立刻托起气枪朝着蜘蛛射了过来，蜘蛛马上倒在了地上，爪子还不停地抽搐了一会儿，死去了。

这次惊险无比的经历，让我感觉到在这片茫茫无尽的海底森林之中，一定还隐藏着更多凶猛的动物。内莫船长继续带领大家前进。地面还在不断下降，我猜测现在我们已经到了150米深的海底了，即便周围的海水很清澈，阳光也已经投射不进来了，我们的周围一片漆黑，我们只能摸索着向前走。这时候，突然有一道白光射进了我的眼睛里，原来是内莫船长打开了灯。我们也纷纷将自己的灯打开，凭借着灯光来观察、欣赏周围的景色：这里好像是森林中最幽暗的地带，就连植物也变得稀少起来，地上只生活着一些带有棘皮的软体动物。

大约下午4点的时候，我们走到了一堵高大的石墙前面，周围都是些怪模怪样的石头，找不到一条可以攀援的道路，这里就是克里斯波岛的尽头。

内莫船长停下来，冲着我们挥了挥手，让我们也停下来，这里是他的领地的边界，他不愿意越雷池一步。

返程的时候，依然是内莫船长带队，但是我感觉走的好像不是刚才来的那条路。这条新路非常难走，非常陡峭，我们的步伐放得很慢。当回到上层水域的时候，一定要避免压力减小过快，不然会导致身体上的疾病，甚至还会引起生命危险。

不久之后，久违的光线又重新回到了我们的眼中，并且范围还在继续扩大。太阳开始向着地平线沉去。将近两个小时的返回路程，说实话已经让我感觉到体力不支了。又走了一段路，我看见在前面半海里远的位置，出现了“鹦鹉螺”号的探照灯，我知道再过20分钟，我们就可以回到“鹦鹉螺”号上，再次呼吸新鲜的空气了。接下来，有个小意外的发生，让我们耽误了一会儿的时间。

那时候，我正跟在内莫船长的身后前进，相距大约有20步的距离。忽然，内莫船长转过身，朝我扑了过来，将我摁倒在了地上，内莫船长的船员也对孔塞伊做出了同样的动作，我想不明白，为什么内莫船长会突然对我们发动袭击呢？很快，我看到内莫船长也在附近趴了下来，一动不动，我才放心了。

我小心翼翼地躺在一片苔藓上面，抬头向上看，两只角鲨正从上方经过，它们的目光看起来呆滞极了，尾巴巨大，锋利的牙齿似乎能在顷刻间将人咬成肉泥！幸好它们的视力很差，尽管鱼鳍已经扫在了我们身上，但是却一点儿都没有察觉。它们很快游走了。

半小时之后，我们安然无恙地回到了“鹦鹉螺”号上。

第十八章　太平洋下四千里

11月18日，我们从海底森林打猎回来的第二天，经过了整晚的休息，我们已经从昨天的疲惫中完全恢复过来。我走上甲板平台，呼吸着新鲜的空气，过了一会儿，内莫船长也来了。

之后，平台上来了20个船员，他们昨天夜里在艇后面放下一张网，现在是来收网的。这些人，从外形上看有些像欧洲人，他们个个身强体壮，可能是英国人或者法国人，还有一些好像是斯拉夫人和希腊人。他们很少说话，即便说话，也是说一些古怪、难以捉摸的方言，让人困惑不已。

网被拖到了艇上，这是一种拖网，像一个宽大的、开口的网状袋子，拖在船的后面，所到之处，可以将经过的鱼一网打尽，就像扫地一般地在海底搜刮着。他们捕捞上来的鱼品种多并且十分复杂，正是因为如此，“鹦鹉螺”号上从来不缺少优质的食品。有的鱼要趁着新鲜进行烹调，有的鱼则被送进冷冻室贮藏了起来。

捕鱼活动结束了，空气也已经换过，我想“鹦鹉螺”号马上就要下沉了，即将有一段新的旅程要开始了吧？正当我准备返回舱房的时候，内莫船长忽然转向我，没有向我打招呼，也没有说任何客套话，就像是在自言自语一般地说道：“阿龙纳斯先生，您看看眼前茫茫无际的大海，它好像有真实的生命一般，有时候狂野，有时候沉静。昨天，我像它一样安静地睡了一晚，现在我又和它一起苏醒了。”

停了一会儿，内莫船长又接着说：“大海在阳光温柔的抚摸下从美梦中醒来，紧接着又在白天开始生活，它有自己的血液和脉搏，这和动物体的血液循环一样真实，研究大海真是有无穷的乐趣啊！”

内莫船长在说话的时候，每句话中间都会留下很长的停顿时间，就好像进行了一番深思熟虑似的，也许这是他的一种特殊的思考方式吧。

“所以，我一直认为，真正的生命是存在于海洋之中的！我一直在计划，准备建设一座水下城市，它就好像‘鹦鹉螺’号一样，可以在每天早上的时候，回到海面上呼吸新鲜空气。要是这个理想真的可以实现的话，那么我将拥有一个自由的城市，一座彻底摆脱霸权的城市……”

内莫船长用力挥了挥手，突然打住了自己的话，转身匆匆离开了。

接下来的日子里，我一直没有看见内莫船长，只有大副和我一起做航海记录，标示航海图。因此，我对“鹦鹉螺”号的航线始终了然于胸。

我和孔塞伊、尼德·兰德在一起的时候，我们总是自然而然地谈起那次海底漫步的见闻。这样的话题让尼德·兰德悔不当初，他后悔自己错失了良机，因而开始热切地盼望抵达下一个海底森林。幸好“鹦鹉螺”号船舱的盖板每天都有几个小时的打开时间，我们可以坐在“鹦鹉螺”号里尽情地欣赏海底的美景。真是让人百看不厌！

“鹦鹉螺”号一直向着东南方向前进，通常都会在水下100到150米之间活动。11月26日，我们在西经172° 穿越了北回归线；27日，我们已经隐隐感觉到夏威夷群岛的海风了；12月1日，“鹦鹉螺”号在西经142° 跨越赤道。

每天，海洋都在向我们展示着各种神奇的力量。它不断地在我们面前更换着布景，让我们的眼睛得到充分的享受，我们无时无刻不在感谢造物主创造了如此美丽的海底世界，并且让我们欣赏到了大海最深处的秘密。

12月11日，我坐在客舱里看书，孔塞伊和尼德·兰德一动不动地看着窗外明亮的海水。当“鹦鹉螺”号下潜到水下100米处的时候，孔塞伊对我说：“先生，您快过来！”

孔塞伊的声调十分怪异，就好像目睹了什么稀奇、罕见的事情。我赶紧站起来，顺着孔塞伊手指的方向看过去。

在电光的照映之下，在“鹦鹉螺”号前面，出现了一团巨大的黑影，它一直静止不动，我很想搞清楚现在出现在我们面前的究竟是哪种巨型鲸鱼，但却找不到什么线索。猛然间，我醒悟过来，大喊道：“那是一艘船！”

“没错！”尼德·兰德也赞同我的想法，“是一艘触礁沉没的船！”

尼德·兰德没有看错。这艘沉船的桅索已经断开了，松散地挂在桁架上面，而船体还是完好的，可能是沉船事件刚刚发生不久吧！最多是几个小时之前的事情，靠近一看，眼前的景象真是悲惨极了：船的甲板上横陈了很多尸体，我想他们应该是想要挣脱绳索，很遗憾没有成功。沉船的周围有很多杂乱的物体……

眼前这一幕可怕的景象，仅仅是我乘坐“鹦鹉螺”号游览时偶遇的第一场海难。当我们经过船只来往频繁的海域，经常可以在海底看见遇难的船只，这些船只在海水中腐烂，各种大炮、铁链、船锚，被海水浸染上斑斑锈迹，散乱地沉匿于海底。

第十九章　瓦尼科罗群岛

12月25日，“鹦鹉螺”号航行到了新赫布里底群岛海域，尼德·兰德的心情非常糟糕，因为今天是圣诞节，是基督徒们盼望团聚的日子。

至于内莫船长，我们又有七八天没有看见他了。

27日早上，内莫船长突然走进了客舱，用手指着地图上的一个位置说：“瓦尼科罗群岛！”

对于我来说，这个群岛具有非一般的吸引力，在这个群岛上面，有众多的秘密。我猛然想起来，著名的航海家拉贝罗兹曾经率领自己的船队赶往这里，然后离奇地失踪了。我站了起来。

我问内莫船长：“现在我们是要赶往瓦尼科罗群岛吗？”

内莫船长回答我：“是的，我们马上就要到了！”

我跟随内莫船长来到了平台，在我们的东北方向上，有两个大小不一的火山岛屿，这两个岛屿周围是大片的珊瑚礁，足足有40海里长。这就是深深吸引我的瓦尼科罗群岛。

“鹦鹉螺”号沿着一条狭窄的水道向前进，缓缓地穿过了群岛外围的暗礁群，安全进入了群岛内的水域。岛上的红树林里，很多土著人看到我们之后，脸上露出了惊讶的表情。也许他们把浮在水面上的这个黑色的条状物当成一头可怕的鲸鱼了吧。

在前进的过程中，内莫船长问我，对航海家拉贝罗兹遇难的情况是否了解，我告诉他，我所了解的情况，和大家了解的都差不多，没有特别的消息。

但是内莫船长的话语中，略带讽刺的意味："那么，阿龙纳斯先生，您能不能把大家都知道的情况告诉我一下？"

我回答说："这很容易。"于是我开始给内莫船长讲述：

在1785年的时候，拉贝罗兹接到了国王路易十六的命令，他要和他的助手德朗格勒船长带领两艘战舰"星盘"号和"罗盘"号进行环球航行。但是后来，这两艘船都下落不明了，法国政府非常担心他们的处境，于是在1791年的时候派出两艘船进行寻找，但是没有任何收获。第一个找到遇难者的遗物的人，是一位叫作"狄龙"的船长，他是太平洋上的航行老手。

1824年5月15日，狄龙船长的船"圣巴特里克"号停泊在新赫布里底群岛的蒂科皮亚岛附近。当地的一位土著居民划着小船来到大船旁边，卖给了船长一把银刀，刀上镂刻着一些欧洲的文字。这位土著居民说，大概在6年前的时候，他曾经在瓦尼科罗岛看见过两个欧洲人，他们的船在更早以前触礁沉没了。

狄龙船长马上意识到，这位土著居民口中的两个欧洲人可能就是拉贝罗兹船队的幸存者。土著居民还对狄龙船长说，在他们的岛上，还有很多遇难船只的遗物，狄龙船长很想跟着他一起去看看，无奈当时风急浪高，狄龙船长只好先行返回加尔各答。

在1827年7月7日的时候，几经周折的狄龙船长终于来到了瓦尼科罗群岛，在岛上，狄龙船长找到了一口铜质的钟，上面标着"巴赞制造"。这是1785年前后，布列斯特兵工厂制造局的专属标志。狄龙船长找到的这些遗物表明，拉贝罗兹的船队的确是在瓦尼科罗群岛遇难了。

又过了几年之后，法国政府获悉，拉贝罗兹率领的船队在瓦尼科罗群岛附近遇难之后，利用船只的残骸重新制造了一条小船，他们乘着这艘小船重新出发，但是后来还是没了音讯……至于他们现在何处，则根本无人知晓。

我对内莫船长说："这就是我知道的关于拉贝罗兹船队的全部信息。"

"那么，"内莫船长向我确认道，"在瓦尼科罗群岛船只遇难之后，他们用残骸重新拼凑了一艘小船，但是新的船只也遇难了，至于是在什么地方遇难的，人们真的不清楚吗？"

"无从知晓。"我对内莫船长说。

内莫船长再没有说话，他示意我跟着他回到客舱。"鹦鹉螺"号开始下潜。在水下几米深的位置，船的舷窗盖板打开了。

我隔着玻璃观察，密密麻麻的珊瑚礁群里，成千上万的小鱼在其间穿梭游动。再仔细观察，在这些珊瑚礁的间隙中还有很多船的遗物，比如锚、炮弹、罗盘等等，这些都被我一一辨认了出来。现在这些东西，都被一层活的植物所覆盖着。

看到这些海难的残骸，我的心中很不是滋味。这时候，内莫船长开口说话了："在'罗盘'号和'星盘'号触礁之后，拉贝罗兹利用这两艘大船的残骸拼凑出了一艘小船，有一部分水手留在瓦尼克罗岛定居了下来，另外一些体弱多病的水手还是愿意跟着拉贝罗兹继续出发进行环球航行，他们向着所罗门群岛的方向驶去，随船带走了一切财物。不幸的是，在群岛主岛的西海岸，也就是在希望角和满意角之间，他们的船再次沉没了。"

我叫喊起来："内莫船长，您是怎么知道这一切的？"

"请教授来看我在他们遇难的实地寻找到的证据。"

内莫船长拿出了一个已经被海水侵蚀了的白铁皮盒子，上面有法国的徽记。打开白铁皮盒子，里面有一卷公函，尽管纸质已经发黄，但是字迹还是相当清楚的。

这是法国的海军大臣给拉贝罗兹司令官的训示，上面还有路易十六的亲笔御批！

内莫船长说：“啊！对于一位海员来说，还有什么死法能比这种更美好呢？安睡在珊瑚丛中，这里是世界上最幽静的地方。我希望上帝也让我和我的同伴一样葬身在这片珊瑚之中！”

第二十章　托雷斯海峡

1868年1月1日，“鹦鹉螺”号向着西北方向快速前进。

早上，孔塞伊走上平台，大声地对我说：“先生，新年好！祝您在新的一年顺利！”

“谢谢你，孔塞伊，”孔塞伊的话让我想起了往年新年，我在法国的工作室中听他祝福的场景，我说，“说真的，‘今年顺利’代表了什么含义呢？尼德·兰德你有什么想法吗？”

“先生，”孔塞伊说道，“您应该知道吧，尼德·兰德的想法总是和我们相反的。我可以留下来，但是尼德·兰德却总想着逃跑。他是一个真正的萨克逊人，船上整天吃鱼，却没有酒，这让尼德·兰德感到很不舒服，尼德·兰德需要的是牛排和白兰地！我倒无所谓，没有肉和酒，我都可以顺利过新年，不过，这些都不重要，只要先生接受我的祝福就可以了。”

“孔塞伊，我感到很不好意思，因为现在没有什么东西能够回敬你，暂且让我握一下你的手吧。”

全新的一年就这样开始了。

“鹦鹉螺”号从日本海出发到现在，已经航行了1.1万多海里了。现在，在我们前面的是澳大利亚东北方的危险水域。这里的暗礁随处可见，浪花汹涌地拍打着海边的岩石，激起了无数朵白色的浪花，还有隆隆的雷声。

据史料记载，在1770年6月10日，库克曾经率领英国的探险家们来到这里，并不幸遇难，险些全军覆没。当时，库克的船撞到了一座岩礁上面，没有沉没的原因要归结为运气：有一块崩塌下来的岩石，发生了回弹，正好堵住了库克所驾驶船只的破洞。

“鹦鹉螺”号没有遭遇任何危险，船的升降板进行了一个45°角的转弯，便慢慢地潜入海底。

1月4日，“鹦鹉螺”号离开了珊瑚海，向着新几内亚岛进发。内莫船长告诉我们，他要让“鹦鹉螺”号途经托雷斯海峡，向着印度洋驶去。这次的决定让尼德·兰德感到非常开心，因为沿着这条水路前进，就会离欧洲越来越近。

但是，托雷斯海峡是世界公认的危险水道！这里不仅密布着各种暗礁，沿途的土著居民还有食人肉的习惯。换作是别人，一定会远远地躲开这个海峡，即便是最英勇的探险家，也不愿意走这条水道。

向着托雷斯海峡前进的时候，内莫船长亲自掌舵。“鹦鹉螺”号在海面上不疾不徐地前进，它的推进器就像鲸鱼的尾巴一样轻轻划着水。周围的海水波涛汹涌，撞击到珊瑚礁上之后，马上化成千堆白雪。尽管周围的环境非常危险，但是“鹦鹉螺”号就像被施了魔法一样，在危险的礁岩中忽东忽西，用“游刃有余”来形容一点儿也不夸张。

下午3点钟，海水正处于涨潮期，我们沿着一个大岛环行，岛上的树林有着优美至极的曲线，真是令人叹为观止。就在这时候，一阵猛烈的撞击让我栽倒了。我用尽全身的力气爬起来，定睛观察，原来“鹦鹉螺”号撞在了一座暗礁上，卡着不动了。

内莫船长和大副来到了平台上，他们在平台上仔细检查了一番，用我们听不懂的语言说着话。不久之后，海水开始慢慢退去，一些岩石的尖角初露端倪。现在，“鹦鹉螺”号搁浅在了水面上。船身的坚固自不必说，在这次碰撞之后，“鹦鹉螺”号毫发无损。但是，现在摆在我们面前的问题是，“鹦鹉螺”号应该怎样重新返回大海呢？这个地方的潮位没有多大的变化，难道要一直搁浅在这里？

面对眼下的问题，内莫船长显得镇定自若，他平静地向我走了过来。

我问内莫船长：“是不是发生了什么事故？”

“只是一点儿小意外！”

“内莫船长，这会不会意味着我们此次旅行的终结，这是不是也意味着您要重新返回陆地，成为一名陆地上的居民呢？”

“还早呢！”内莫船长笑着说，“我们的海底旅行才刚刚开始，我很荣幸能够陪伴您进行此次海底旅行。”内莫船长似乎已经听出了我话语中带刺。

“您知道，内莫船长，我们的船是在涨潮的时候搁浅的，就现在的情况来看，我看不出来有什么好办法能够让‘鹦鹉螺’号重新返回大海。您应该比我更加清楚，太平洋的潮汛一般都不是很高的！”

“您说的很对，阿龙纳斯先生，”内莫船长对我说，“但是，现在我们所在的托雷斯海峡，它的高低潮之差仍然有1.5米那么高。再过5天，正好赶上月圆之夜，我们可以借助月球的力量，那个时候，

内莫船长亲自掌舵。“鹦鹉螺”号在海面上不疾不徐地前进，它的推进器就像鲸鱼的尾巴一样轻轻划着水。周围的海水波涛汹涌，撞击到珊瑚礁上之后，马上化成千堆白雪。

月球不掀起巨大的浪头助我一臂之力，我才会感到不可思议呢！”

听了船长的话，我无话可说。内莫船长离开了，就像他刚才过来的时候一样平静。尼德·兰德也来到了我的面前。

“教授，内莫船长怎么说？”

“现在我们要耐心地等待9日的时候，潮水的到来。据内莫船长说，月球会用自己的力量友好地将我们送回大海。”

尼德·兰德不屑地耸耸肩膀，回头望了望孔塞伊，说道：“教授，请您相信我，这个钢铁堆成的玩意儿不可能再有下回航行了。现在它已经变成了一堆废铜烂铁！”尼德·兰德的语速非常快，“所以，现在是我们和内莫船长分手的最好时机，当然，我们应该选择不告而别。”

我对尼德·兰德说：“老朋友，我有和你不一样的想法。现在还不到我们对‘鹦鹉螺’号绝望的时候，要是现在我们处在英国或者法国南部的海岸，计划逃走恐怕不难实现，但是现在我们所在的是新几内亚海域，情况就大不一样了。除此之外，太平洋的大潮汛马上就要来了，我想，到了那时候‘鹦鹉螺’号还是不能移动的话，我们再选择逃跑也不迟。”

“至少，我们应该打听一下附近岛屿的情况吧？”尼德·兰德做出了让步，“岛上有森林，森林里面肯定有动物，动物是大块的肉，想起来就让人激动不已！”

“我也同意尼德·兰德的想法，”孔塞伊说，“先生，您去找内莫船长商量一下吧，让他允许我们到岛上转转，让我们的脚踩踩地球上的土地，也让我们重温一下在陆地上行走的感觉。”

我说：“好吧，我去尝试一下，但是你们最好不要抱太大希望！”

我找到内莫船长，将我们的请求告诉了他，出乎我意料的是，内莫船长居然爽快地答应了我们的请求。他答应给我们一辆小艇使用，却根本不担心我们是否会回来的问题。我心里十分清楚，在新几内亚岛上逃亡并不是一件简单的事情！我一定要紧紧地盯着尼德·兰德，不让他做什么出格的事情。与落入当地土著居民手里相比，在“鹦鹉螺”号上当俘虏更容易让我接受。

1月5日上午，孔塞伊、尼德·兰德和我驾驶着内莫船长给的小艇出海了。我们随身带了一些防身的物品，我和孔塞伊在前面划桨，尼德·兰德则在后面掌舵。虽然这里暗礁遍布，但是对于一艘小艇来说，航行起来并不算什么困难的事情，更何况这里离海岸没有多少距离。

此时的尼德·兰德已经兴奋到了极点，就像刚从监狱里释放出来的囚犯。至于还要返回的念头，他可能一点儿都没有。尼德·兰德一直喊着：“我要美美地吃上一顿，没有酒也行啊！我不是说吃鱼不好，但是也不能整天吃鱼啊！想象一下，我们马上就能吃到烤肉了，多美好的事情……”

“鱼叉手，你能不能少说一句？”孔塞伊在一旁抗议，“你说得我口水直流！”

“野味虽然美，但是仔细想想，这些‘野味’会不会非常凶猛，我们可能反倒成了它们的猎物了呢？”我半开玩笑地对他们说。

“教授，请您放心吧！要是这个岛上有老虎的话，我们就可以来一顿鲜美的烤虎排了！”

我还能说什么呢！小艇缓缓地来到了沙滩上，当我一脚踏在沙

孔塞伊、尼德·兰德和我驾驶着内莫船长给的小艇出海了。我们随身带了一些防身的物品，我和孔塞伊在前面划桨，尼德·兰德则在后面掌舵。

滩上的时候，心里有一种难以形容的踏实感。我们作为“鹦鹉螺”号的“客人”已经有将近两个月的时间了，虽然两个月并不是很长时间，但是我们好像已经离开陆地好久了！

第二十一章 踏上陆地

这个小岛上到处都是茂密的深林，高大的树木和一些藤本植物连在一起，在风中摇曳着动人的身姿。地上则遍布着蕨类和兰科的植物，枝叶相互交错，色彩鲜艳，看了就让人产生愉悦的感觉，我们都对这个地方赞叹不已。

这个岛的面积并不大，只用了2个小时的时间，我们已经将岛上的每个角落都转了一遍。这里有很多能吃的植物，比如，有一种叫作“面包树”的树木，它的果实是圆球形的，半径大约有5厘米，它们挂在高大的树上，这可能是大自然对不产小麦的地域的特殊恩赐吧。

我们采摘了几个面包果。现在，尼德·兰德正在把它们切成薄片。他又点燃了一堆干树枝，将面包果放在上面烤了起来，不一会儿，就有一股香气飘了出来。

面包果带有一股新鲜的蔬菜味，吃起来很是香甜可口。

时间在我们不知不觉中过去了，我们找到了很多水果，比如香蕉、菠萝，还有芒果等等。尼德·兰德和孔塞伊走在前面，每当走进一片新森林的时候，就是尼德·兰德大显身手的时候，他总是能轻而易举地爬到树上，摘到一些可口的果子。

“哦！尼德·兰德，”孔塞伊对尼德·兰德说，“我想我们已经不需要什么了吧，我们已经有很多水果了！”

“这些都是植物，将它们当成配菜或者点心，都是可以的，”尼德·兰德说道，“但是我们的主菜呢？肉呢？它们在哪里？现在我们甚至连一点肉汤都没有看见呢！”

“真是的！”我也随着尼德·兰德说道，“恐怕我们计划好的肉排要泡汤了吧……”

在这个小岛上，我们没有发现任何动物的踪迹。到下午5点钟的时候，我们不能不回到小艇上面了。小艇满载着我们采摘的果子驶回了“鹦鹉螺”号。

我们回来之后，没有一个人出来迎接我们，整个“鹦鹉螺”号显得异常沉寂，这个巨大的圆筒好像是被人抛弃了一般，静静地躺在那里。我们将采摘到的食物放好，便各自回到自己的房间。回到房间后，我看到食物已经摆在餐桌上面，匆匆吃过之后，便倒头睡去了。

第二天，船上依旧没有任何动静，我们决定再到小岛上走一趟。尼德·兰德坚信，今天在打猎方面我们肯定会比昨天走运。

我们将小艇放到海面上，幸运的是，今天是顺风，我们用了很短的时间就来到了小岛上。沿着海岸，我们向着西面前进，在潺潺的流水声的掩映之下，一些翠鸟间或飞出，还唱着动人的歌曲。这些鸟儿看见我们之后，马上惊得飞走了。这表明这个岛上平时没有人居住，但是至少经常有人来光顾。

我们还看到几只羽毛鲜艳的鹦鹉在蓝天下自由自在地飞翔，形成了一道道优美的弧线，天空中都是它们叽叽喳喳的叫声，但是，我们要找的肉食在哪里呢？差不多到了中午11点的时候，我们绕过了岛上最高的山脊，这时候肚子已经开始抗议了。孔塞伊朝着空中开了两枪，有一只山鸠和一只鸽子应声落了下来。我们急忙生了一堆火，孔塞伊开始饶有兴趣地烤肉，尼德·兰德则在一旁忙着切面包果。一眨眼的工夫，这些可口的饭食就全部到了我们的肚子里。

虽然我们找到了飞禽，但是尼德·兰德好像并不满足于此。两个小时之后，在我们的苦苦寻觅之下，终于在林子里发现了一头很肥的野猪，眼疾手快的尼德·兰德在第一时间注意到了它，举起猎枪打中了野猪。很显然，尼德·兰德对自己的枪法沾沾自喜，可以想象当时尼德·兰德的快乐心情！

尼德·兰德和孔塞伊加速了在林子里寻觅的速度。过了一会儿，有一群袋鼠从树丛里蹦蹦跳跳地出来了。“阿龙纳斯先生，您看，有好多猎物！”狂喜中的尼德·兰德冲着我大喊大叫，尼德·兰德的喊叫声让他忘了在第一时间开枪，给了袋鼠们逃跑的机会。

一天很快结束了，夜幕已经降临。我们回到停着小艇的海滩上，“鹦鹉螺”号就在不远处，它俯在海面上，像极了一条长长的礁石。

尼德·兰德开始兴高采烈地准备晚餐：烤野猪、面包果、椰子汁，再加上一些芒果、菠萝等水果，在空气中散发着诱人的香气，今晚真让我们陶醉啊！

“不然今晚我们就不回‘鹦鹉螺’号了吧？”孔塞伊建议说。

尼德·兰德紧跟着说了一句：“我们应该永远也不回去了！”

他的话刚说完，就听“啪”的一声，有一块石头落在了我们的脚边。当时我们正在吃东西，听到这个声音之后，都停了下来。

“天上不会掉下石头来吧，除非是陨石！”孔塞伊显得非常镇定。

为了证明孔塞伊说得没错，又有一块石头被投了过来，将孔塞伊手中的鸡腿打掉了。

我们都警觉地站了起来，端着枪。尼德·兰德说："会不会是猴子？"

"不可能，一定是土著居民！"孔塞伊的答案显得很有说服力。

我惊叫道："马上回小艇！"我看见在前方的树林边缘，大约有100米的距离处，有将近20个拿着弓箭和投石的土著居民，正在向着我们的方向扑来。

第二十二章 内摩船长的闪电

我们马上将东西收拾好，向着身后沙滩的小艇飞奔过去。我们飞快地将小艇推到海里，在我们划出大约200米的时候，这群土著居民已经抵达海滩了。他们在海滩上指手画脚，高声大叫着，人数也增加了，已经有百人之多了。

不到20分钟的时间，我们就返回了"鹦鹉螺"号，我猜想，刚刚发生的一切一定已经惊动了"鹦鹉螺"号上的船员了吧，他们是不是已经在平台上焦急地等待了？可是，直到我们进入船舱，还是一个人影都没看到。

我走进了客厅，听见了悠扬的管风琴乐声。内莫船长正低头弯腰，沉醉在音乐声中，似乎还不知道我已经走进了客舱。

"内莫船长！"我走进去之后，轻轻叫了一声，但是内莫船长好像并没有听到，于是我又叫了一声，同时轻轻碰了他一下。

内莫船长抬起头对我说："啊！教授，你们回来了，打猎还顺利吗？"

“很不错，”我说道，“不过给您添麻烦了，我们遇到了一群野蛮人！”

“野蛮人？”内莫船长的话语中带着讥讽，“为什么你们一到陆地上就遇到野蛮人，难道您不觉得这是一件十分奇怪的事情吗？还有，您为什么叫他们野蛮人，难道他们比地球上的其他人要坏吗？”

我被内莫船长的话问得目瞪口呆，一时之间竟不知道说什么。我只好提醒内莫船长：要是“鹦鹉螺”号不想“接待”他们的话，我们恐怕要想点办法了。

“阿龙纳斯先生，这个您无须担心，即便是新几内亚岛上所有的土著居民一起来进攻，我的‘鹦鹉螺’号也应付得了。”内莫船长又开始自顾自地弹琴。

我退出了客舱，留下内莫船长一个人沉浸在美妙的乐声中，我不再打搅他，回到自己的房间休息。

两天的时间过去了，“鹦鹉螺”号并没有受到土著居民的攻击，在海水中，一个他们从没见过的庞然大物安静地躺在那里，会不会是他们被这“怪物”震慑住了？

可是我想错了，在8日晚上，土著居民就开始乘着小船包围“鹦鹉螺”号，他们登上了平台，隔着钢板我们甚至可以听到他们震耳欲聋的吼叫声。对眼前的情况，船员们都不以为意，他们甚至连一点儿不安的表情都没有表现出来！

一夜过去了。9日早上，我迷迷糊糊地从船上爬了起来，这一个晚上，我睡得不太好。船的盖板还没有打开，没有新鲜的空气进来，不过这并不是什么大事：船上还有很多备用的空气，今天是涨潮的日子，但是一上午也没有看见内莫船长的影子，就好像今天不是起航的日子一般！

几百个土著居民又开始在平台上面大喊大叫，过了好一段时间，当钟表指到下午2点半的时候，我来到客舱，发现里面空无一人，我开始惊慌起来。再过10分钟就是涨潮的时刻，要是那时候“鹦鹉螺”号还不能重回大海的话，恐怕就要一直搁浅在这里了。

我正在思考着，船身突然发生了轻微的颤抖，好像是船身和外面的礁石碰撞产生的。紧接着一阵又一阵的“沙沙”声传到了我的耳朵里。

2点35分，内莫船长来到客舱，他说：“我们马上要起航了，现在打开盖板！”

“天呐！”我惊叫起来，“外面那些新几内亚人怎么办？”

“新几内亚人？”内莫船长耸了耸自己的肩膀。

“难道他们不会在我们打开盖板的时候进来吗？”

“不会的！即便是我们打开盖板，他们也进不来。”内莫船长的语气从容不迫。

我的眼睛盯着内莫船长，思考他话里的含义。

“没有办法想象是吗？那我们一起到外面看看吧！”内莫船长向我建议。说完，带着我向主梯的方向走去。

我们到盖板下的时候，孔塞伊和尼德·兰德已经等在那里了。船员们正在打开盖板，盖板打开的时候，马上有一阵土著人的狂叫声传了进来，二十多个土著居民的脸出现在我们面前。有一个胆大的土著居民看见盖板打开了，就想往下冲，但是他的手刚刚碰到栏杆的时候，就被一股强大的气流弹开了，接下来听见的是他撕心裂肺的叫声。他用一种奇怪的姿势向后逃去。他的同伴们不知道这个人遭遇了什么，于是也纷纷来摸栏杆，结果也受到了同样的打击。土著居民吓得魂飞魄散，他们纷纷扑向自己的独木舟，一会儿就逃得干干净净了。

冒冒失失的尼德·兰德不知道怎么回事，也去摸栏杆。他也马上被弹开了，嘴上喊叫着：“我遭雷打了！”

尼德·兰德的话让我恍然大悟，原来铁梯的扶手通了电流，无论是谁碰到了，都会遭到狠狠的电击。如果电流再加大的话，很可能会让人当场毙命的！难怪船上的人一点儿都不担心土著居民的进攻。此时，在海水轻轻地拍打之下，“鹦鹉螺”号开始飘荡起来，2点40分的时候，轮机开始转动，紧接着开始加速，“鹦鹉螺”号向着更宽广的海面驶去，不一会儿，危险的托雷斯海峡就被我们远远地甩在了身后。

第二十三章　强制性睡眠

1月13日，“鹦鹉螺”号来到了帝汶海，位置是东经122°，在帝汶海上可以遥遥望见和它同名的帝汶岛。这座岛屿一直是由当地的酋长们统治着，他们认为自己是鳄鱼的后代，所以，在这一带的海域，这种带着鳞甲的凶猛动物——鳄鱼，在飞快地繁衍着。岛上的居民对它们格外优待，甚至唯恐对这些鳄鱼照顾不周！

内莫船长的“鹦鹉螺”号却不想和这种凶猛的动物发生正面接触，它向着印度洋的方向驶去。接下来内莫船长要将我们带到什么地方呢？是北上到亚洲海岸，还是向欧洲的方向前进呢？又或者，内莫船长只是想避开有人居住的陆地？单单从航线上看，这一点就被排除了。会不会是想去南边的好望角呢？再经过合恩角，直奔南极吗？但是不管去哪里，“鹦鹉螺”号总要回到太平洋。

1月14日，我们的周围已经看不到陆地了，“鹦鹉螺”号的航行速度也逐渐慢了下来。它似乎有点不高兴，总是在航行不远的路程之后，就浮上水面来。在这一段的旅程中，内莫船长似乎对各个水层的水温产生了浓厚的兴趣，他在不断地进行着实验。

在一般情况下，想要记录各个水层的温度，需要借助很多精密、复杂的仪器，即便是这样，所测得的结果也不一定准确。在深层的海水里，玻璃管很容易被强大的压力压破，而通电的金属仪器也没办法进行校测。在测量水温这方面，内莫船长有自己的一套办法，当他的温度计刚和水层发生接触的时候，就有精准的数字显示出来。“鹦鹉螺”号在帮内莫船长做实验：只要他将储水仓灌满水，或者是借助升降板发出的动作，船就可以下降或者升高到任意深度。在1000米水深的位置，显示温度为4.5℃，再继续下潜，不管到什么位置，水温总是保持不变的。

我也在一旁兴致勃勃地看内莫船长做实验。我发现内莫船长对各种实验充满了兴趣。内莫船长这样做的目的是什么呢？难道他是为了人类的共同利益？这种想法很快就被我否定了，内莫船长所进行的工作，总有一天会和他本人一起，消失在无垠的大海中，而不被任何人知晓！除非内莫船长要将实验的结果告诉我，而这就从另一方面说明了我的旅程是有尽头的，那究竟是什么时候？至少眼前我还无从知晓。

不管怎么说，内莫船长把他所取得的各种数据都告诉了我，这些数据汇成了一份关于全球主要海洋海水密度的重要报告。

1月15日早晨，我和内莫船长一起在甲板上散步，他问我是否知道不同区域的海水的密度是不同的，我说不清楚，还说科学界对此还没有一个准确的说法。

“我已经进行过测量了，”内莫船长自信地说，“而且我坚信我的测量是准确的！”

“那真是太好了！”我对内莫船长说，“但是‘鹦鹉螺’号是不属于人类世界的，即便它知道这个秘密，也不可能传到陆地上。”

内莫船长陷入了深深的沉思之中，他说：“没错，教授。‘鹦鹉螺’号的确和陆地已经没有任何关系了。但是，我们有幸能够相识，我很愿意将我的观察结果告诉您！”

“内莫船长，我期待您的指教！”对于内莫船长的决定，我真是喜出望外！

内莫船长接着说：“阿龙纳斯先生，您应该知道海水的比重大于淡水，但是并不是地球上任何一个地方海水的比重都是一致的。如果淡水的比重是1，那么，太平洋的海水就是1.028，地中海海水的比重则是1.03……”

我心想：啊！难道内莫船长还曾经到过地中海冒险吗？

从这一点可以看出，内莫船长对于水上交通拥挤的欧洲水域并不回避。我想，要不了多长时间，内莫船长就会把我们带到比较文明的陆地海洋之中吧。假如真是这样的话，尼德·兰德应该会很开心吧！

接连好几天，我都和内莫船长在一起做着各种实验。在实验过程中，内莫船长过人的才智表露无遗，除此之外，我进一步感受到了内莫船长对我的善意。在后来的几天时间里，内莫船长又消失不见了，而就在内莫船长消失的这段时间中，所发生的一件事情，让我变得彷徨起来……

1月18日，“鹦鹉螺”号已经行驶到东经105°，南纬15°。这里天气恶劣，东风一直呼呼作响，海面的浪花汹涌极了，气压表的示数一直在下降，这是暴风雨来临的前兆。

大副来到甲板上，和往常一样进行常规的测量，我总会和他打招呼。那天不知道他说了什么，内莫船长听见之后走了出来，拿出望远镜眺望着远方的海平面。过了一会儿，他放下望远镜，开始和大副交谈起来，他们好像在争论什么，大副的情绪显得很激动，相比之下，内莫船长就显得镇定多了。我看着他们手指所指的方向，那里什么都没有。

内莫船长在甲板上踱来踱去，根本没有注意到一旁的我。这时候，大副又拿起望远镜，观察着远方的天际，一边看着一边跺脚。他的表现正好与一旁的内莫船长形成了鲜明的对比。突然，内莫船长下了加速的指令。

此时，大副好像又在提醒内莫船长应该注意什么，内莫船长拿起望远镜，遥望远方的天际，观察了很长时间。好奇心作祟，我很想知道望远镜里面是什么，于是，我回到自己的房间，也把我的望远镜拿了出来，谁知道我刚举起望远镜就被一个人夺了下来，我转身一看是内莫船长。他脸色低沉，眼睛里闪着火光，牙齿微微露在外面，看起来可怕极了。他全身僵直，双手握紧了拳头，似乎整个身体都在表达着某种仇恨。

望远镜从内莫船长的手中滑落，掉在了甲板上，是不是我无意

内莫船长拿出望远镜眺望着远方的海平面。

中的举动激怒了内莫船长？难道神秘的内莫船长有着不容我知道的秘密吗？他的眼睛一直恶狠狠地盯着远方的天际，这时候我才确定，内莫船长的仇恨不是针对我的。

内莫船长仇恨的表情只维持了很短的时间，随后他马上恢复了以往的平静，神色宁静而又平和。

内莫船长说："阿龙纳斯先生，我提醒您要信守我们之间的承诺！"

"内莫船长，您所说的是哪个约定？"

"在发生紧急状况的时候，您和您的同伴都要被限制自由，直到我通知你们可以出来为止。"

"您是主人，"我对内莫船长说，"不过，我可以向您提一个问题吗？"

"不可以，先生。"内莫船长的回答简单又干脆，他一口回绝了我的要求，他的表情让我知道，这件事情一点商量的余地都没有。

我去找尼德·兰德和孔塞伊，向他们转达了内莫船长的指令。尼德·兰德当时的反应大家都是可以想象得到的。

这时候，已经有4名船员在门口等着我们了，他们将我们领到我们初到"鹦鹉螺"号的那个晚上待的房间里，我们刚走进去，门就立刻被关上了。

孔塞伊问我："先生，究竟发生了什么事情？"

我把刚才在甲板上见到的情况详细地和尼德·兰德、孔塞伊说了一遍，他们两个人听到我的话之后，也和我当初一样，都面面相觑。

临近中午的时候，内莫船长派人送来了午饭，尼德·兰德看见送来的饭菜，开始发牢骚："你们竟然只给我吃菜？"

"亲爱的尼德·兰德，"一旁的孔塞伊对尼德·兰德说，"要是内莫船长没有派人送来午餐，你又能怎么办？"

尼德·兰德的咒骂被孔塞伊的话制止了。

吃完午餐之后，我们各自呆坐一边，谁都没有说话。舱房里的灯光忽然熄灭了，尼德·兰德开始昏昏欲睡，不知不觉，孔塞伊也睡去了，我正在思考为什么他们这么快就睡着了时，我的大脑也开始沉重起来，我尽力要睁开眼睛，却怎么也睁不开，我想这一定是内莫船长在我们的饭菜中放了安眠药，他不想让我们知道他们的行动，索性就让我们睡觉吧。

在临睡之前，我隐隐约约地听见了舱盖关闭的声音，大海上的晃动好像停止了，是不是"鹦鹉螺"号已经离开了海面，开始到海底活动了？

第二十四章 珊瑚王国的深海葬礼

直到第二天，我才醒过来，这一觉睡得十分舒服。让我感到惊讶的是，我睁开眼睛的时候发现居然身在自己的房间里。我想，尼德·兰德和孔塞伊也一定已经回到自己的房间了吧。至于昨天晚上究竟发生了什么事情，我一点感觉都没有。

我走出自己的房间，走到了舷梯上，舱盖已经打开，我来到甲板之上，在那里看到了同样刚刚睡醒的孔塞伊和尼德·兰德。我问他们是否知道昨天发生了什么事情，遗憾的是，尼德·兰德和孔塞伊也对昨晚的事情没有一点儿记忆。此时的"鹦鹉螺"号正在海面上缓缓地前进，好像什么事情也没发生过一样。

现在，我们看不到陆地，周围一艘船也没有，陪伴我们的只有耳边呼呼作响的海风。“鹦鹉螺”号换过新鲜空气之后，又开始了沉入海底的旅行，船一直停留在15米深的水下，这个深度能够让“鹦鹉螺”号快速地浮出水面，和平时的行驶规律不太一样，这一天“鹦鹉螺”号一直在反反复复地升降。

下午2点，我坐在客厅整理笔记，内莫船长一声不响地推门进来，他的眼睛里布满了血丝，我可以感觉到他的疲惫程度。

内莫船长问我：“阿龙纳斯先生，您懂得医术吗？”

我没有想到内莫船长会向我提出这样的问题，我感到十分惊愕，并没有在第一时间回答内莫船长的问题。

“请问您是医生吗？”内莫船长再一次问我，“我想您的同事肯定也有不少医生吧？”

“内莫船长您说得对，”我说，“我的确当过好几年医生，我是后来才到博物馆去当教授的。”

“好的，先生。”内莫船长好像对我的回答非常满意，“您愿意帮我的一位船员治疗吗？”

“可以，内莫船长，我现在就跟您一同前往。”我说。但是不知道为什么，我的心里一阵紧张，我想这个生病的船员一定是和昨晚发生的事故有关系。

我们一直走到了船尾的水手舱。在这间房中有一张床，床上躺着一个壮汉，大约40岁的样子，他一动不动地躺在那里，好像受了很重的伤，我弯下腰查看他的伤势。他头上裹着纱布，有丝丝血迹已经渗出来了。我慢慢地解开他的纱布，看见他伤口的一刹那，我都快被吓晕了，那伤口恐怖极了，他的颅骨好像遭到了硬物的打击，已经破裂了，脑子都露在外面了。

这个病人的呼吸十分微弱，肌肉痉挛的时候，牵动脸上的肌肉也跟着抖动起来。我用手搭了一下他的脉搏，已经十分微弱了。手指和脚趾开始变凉，他已经没救了。我只得再将纱布重新包好。

我问内莫船长："这个伤口是怎么造成的？"

"昨天，'鹦鹉螺'号发生了碰撞事故，船身的杠杆断裂了，那时候，大副就在旁边，眼看就要被砸到了，这位兄弟奋不顾身地扑了上去……朋友为朋友牺牲，兄弟为兄弟患难，事情就是这样的！这是我们'鹦鹉螺'号的信念。教授，您看我兄弟的伤势如何？"

我有些迟疑，又转身看了一眼伤者说："他恐怕只能再活两个小时了……"

内莫船长的身体开始止不住地颤抖，他竟然流下了泪水！我以前以为内莫船长是不会哭的！

内莫船长看起来有些伤感，他说："阿龙纳斯先生，您请自便吧。"

和内莫船长告别之后，我回到了自己的房间。这一晚，我怎么也睡不好，总是从噩梦中惊醒过来，恍恍惚惚间，我好像听见了在很远的地方有对死者的悼念和祈祷声，但是我却听不懂是哪种语言。

第二天一大早，我来到甲板上散步，正巧内莫船长也在那里。他走了过来，向我打招呼："阿龙纳斯先生，您是不是愿意和我们一起进行一次海底散步？"

我问内莫船长："我的两位朋友是不是也可以一同前往？"

"当然，只要他们愿意，就可以带他们一起去。"

对于昨天那个病危的船员，内莫船长只字未提。我找到尼德·兰德和孔塞伊，向他们转达了内莫船长的提议。

到了早上8点半的时候，我们都穿好了潜水服，带上空气罐和探照灯上路。还是和上次一样，我们来到那间舱房，双重门打开了，我和内莫船长一行十几人都到了海里。这里的水深大约有10米，我们抵达了“鹦鹉螺”号所停泊的海底地面。

路开始渐渐倾斜，我们只能试探着前进，深度已经到达25米左右，这里没有细沙也没有草地，更没有树林。这次海底漫步，和我们上次的大相径庭，环顾四周，我只感觉这里是一片珊瑚的王国。

这些珊瑚生长得非常有特点，是一些聚集到一起的小生物的集合，已然变成石质，很容易破碎。这些珊瑚虫具有很强的繁殖能力，它们就像树枝一样长出苞并抽芽，星星状的花儿在枝头闪闪发光。和陆地上的生物不太一样，这些珊瑚是从上向下生长的。

周围的珊瑚一直绵延到了很远的距离，很是精致迷离。这些珊瑚随着水波荡漾着，还有一些调皮的小鱼间或游过。我看着眼前这些细管状的花瓣，和在它周围密布着的纤维状的触须，我忍不住伸手触碰它们，谁知道刚接触到它们，它们就警觉地缩到了暗红色的匣子里了。美丽、婀娜的花朵在瞬间消失了，珊瑚从变成了一块块大石头。

又行走了将近两个小时，渐渐地，我们已经抵达了300米深的水下，这里是珊瑚丛的边界。低矮的珊瑚丛已经被大块大块的石头替代。有些叫不上名字的海草在水中摆动着自己柔软的身体。在我们脚下的是各种奇形怪状的贝壳和珊瑚，就好像一条精心编制的地毯。

这里的壮丽景色，深深地将我们吸引住了！

我们正流连于周围的美丽景色，内莫船长却停了下来，船员们围成了一个弧形，仔细一看，他们每个人的肩上都扛着一个长方形的东西。在这片空地上面，竖着一个十字架，这个十字架是用珊瑚制成的，两旁伸出来的石头就像是两条长胳膊，仿佛是用血制成的。内莫船长做了一个手势，船员们停了下来，开始用铁锹在距离十字架不远的地方挖了起来。

啊！我终于明白了，这里是墓地！那些长方形的东西就是昨晚死去的船员们。内莫船长和这些船员们正在安葬昨晚死去的船员，在这与世隔绝的大洋底下，他们让自己的战友长眠于此了。

我的心开始不规律地跳动，我从来没有像今天这样激动过，脑海中浮现出来的全是伤感的画面，我也从来没有这么伤感过。

坟墓挖好之后，抬着棺木的人走上前来，尸体用白色的麻布包裹着，被慢慢放进了坑里。内莫船长双手合十，默默地祈祷，死者的所有朋友都跪在地上祈祷，我和我的同伴们也为死者鞠躬。

葬礼完毕之后，我们一行人沿着原路返回了“鹦鹉螺”号，这时候是下午1点钟。

我脱掉潜水服，换好制服之后和内莫船长一起走到甲板上，我的脑子就像理不清的麻一样乱。内莫船长也一直在思索。

我问内莫船长：“你的同伴们是在昨晚去世的吧？”

“是的，教授。”内莫船长回答。

“他们沉睡在珊瑚丛中，不会受到鲨鱼等动物的侵扰吧？”

“绝对不会！”内莫船长脸上露出庄严的神色，“他们会被这个世界上的人所遗忘，但是我们会永远地铭记他们！他们永远不会受到鲨鱼的攻击！”

第二部分

第一章　印度洋

从这里开始是我们海底旅行的第二部分。第一部分终结于船员的深海葬礼，那个场景一直让我感到伤心，我想我这一生都不会忘记那个场景。我想，内莫船长也许真的要在这茫茫大海之中度过自己的一生了。内莫船长已经将一切事情都考虑过了，甚至包括死了之后墓地的选择，内莫船长将墓地安排在动物们难以进入的海底深渊。在那里不会有任何怪兽的侵扰，“鹦鹉螺”号的船员们就在那里长眠。船上的兄弟们都是生死与共的，内莫船长又补充道：“我们已经与人世绝缘了。”

对于内莫船长来说，人类社会的一切都让他感觉那么不可信，面对人类社会的时候，他的态度也总是那么强硬，并且显得不屈不挠！

在“鹦鹉螺”号发生突发状况的那天，我们被关在刚到船上的时候的那间舱房里，在我们吃了放入安眠药的餐点之后，都沉沉地睡去了。这一切，和内莫船长夺去我的望远镜，以及船员们的遇害联系在了一起。我不能理解那种致命的撞击是从哪里来的，周围人的遭遇使我不得不重新考虑自己经历的一切，我想，内莫船长不仅仅是在回避人类，“鹦鹉螺”号可能也不仅仅是在为内莫船长服务，它更有可能是内莫船长实施可怕报复的工具！我的猜测，也不过是在一片昏暗中看到的一点微光。

我和尼德·兰德、孔塞伊能从“鹦鹉螺”号上逃走的概率是极其微小的，对于这一点，内莫船长有十足的信心。

表面看来，我们并不是内莫船长的囚徒，内莫船长对我们礼遇有加；但是事实上，我们却不能逃出内莫船长的手掌心，称得上是真正的囚徒。尼德·兰德从来没有放弃过重获自由的希望，只要有合适的机会，他就开始想尽一切办法脱身，我的想法也和尼德·兰德一样。

从另一方面看，内莫船长对我们既慷慨又大度，还同意我们走的时候将秘密也一起带走，但这会不会让内莫船长感到后悔呢？我们应该对内莫船长报以赞美还是怨恨呢？他究竟是一位牺牲者还是一个杀人不眨眼的魔鬼，我猜不透也想不明白。说实话，对于这次海底旅行，我们已经有了一个奇幻的开端，我希望这场旅行也能以一个完美的结局收场。我一直努力地观察着藏在海底的秘密，想用尽自己的全力去观察别人没有看见过的东西，有可能我的这种求知欲需要用生命来填补，但对我来说也是了无遗憾的！

现在“鹦鹉螺”号正在印度洋上飞速前进。印度洋的表面非常宽阔，面积有将近5亿5千万公顷，海水湛蓝，与天际连成一片，低头看着海水，让人感到头晕不已。

我知道，在不远的将来，“鹦鹉螺”号会与有人居住的陆地接近，那时候，便是我们安全出逃的最好机会。假如我为了满足自己的求知欲而不顾同伴的意见留在船上，那未免太自私了。所以，一旦有机会的话，我就会和我的同伴们一起出逃，在必要的时候，我还会告诉我的同伴们应该如何出逃。但是内莫船长会给我们这样的机会吗？

1月25日，在茫茫的大西洋上，我们什么都看不见，到了下午5点钟的时候，我们所经过的地点正是热带的黑夜和白昼相交接的短暂黄昏，孔塞伊和我都看见了这一幕独特的精致，我们赞叹不已。

我们还在大西洋的海面上看见了一种软体动物，这种软体动物看起来优雅极了，它们只生活在热带海域，叫作“船艄”。现在，我们面前有成千上万的船艄游动着，它们是印度洋里特有的一种动物，它们异常美丽，并有十分奇特的前进方式：它们总是以退为进，先把海水吸进它们身体的运动管中，再吐出来，在这个过程中，它们的身体就开始动起来了。“船艄”的身上有8个触腕，其中的6根都是细长的，可以在水面上漂浮着，另外两根就像是棕榈的叶子，可以迎风展开，就像两个小帆，我清清楚楚地看见了它们的介壳以及他们出入介壳时候的样子。

看着这神奇的一幕，我对身旁的孔塞伊说：“即便船艄可以自由自在地出入介壳，但是它们却离不开介壳……”

“我想，内莫船长也是这样的。”孔塞伊的说法很幽默，“我们可以叫内莫船长为‘船艄’船长！”

“鹦鹉螺”号在这一群软体动物中，前进了将近一个小时。突然间，这些“船艄”们不知受到了什么刺激，将自己的小帆都收紧了，身体也退回到了介壳中，身体重心发生了变化，整个“船队”都跌到海洋深处了。而这一切都是在一瞬间发生的，我想，一个训练有素的部队都不可能有这样整齐的动作，在一瞬间完成这一切的动作。

1月26日的时候，我们从东经82°穿越赤道，又回到了北半球。

一整天，一大群的鲨鱼跟在“鹦鹉螺”号的周围，现在正是鲨鱼繁殖的季节，而在这一带的水域中，鲨鱼们的活动好像也格外的

在大西洋的海面上有一种软体动物，这种软体动物看起来优雅极了，它们只生活在热带海域，叫做“船艄”。现在在我们面前，有成千上万的船艄游动着。

多，整个水域都笼罩在一片危机的色彩中。在这一大群鲨鱼中，有一种烟灰角鲨，它有棕色的脊背，腹部是灰白色，生有11排锋利的牙齿；还有一种眼睛角鲨，在脖子的位置上有大块被白色围着的大黑斑，看起来真像一只眼睛，它的名字也许就是这样得来的吧；还有一种圆吻角鲨，浅绿色，嘴巴是圆的，身上分布着一些小黑点。这些鲨鱼的力量都是我们难以想象的，它们经常气势汹汹地撞在客舱的玻璃上，让我们不寒而栗。尼德·兰德气得咬牙跺脚，我想他一定是手痒了，作为一个鱼叉手，他已经很久没有操练自己的本职工作了。

在这一群鲨鱼中，最值得注意的就是星鲨和虎鲨，星鲨的口中有好几排牙齿，组成了一副类似于马赛克一般的拼图；而不得不提的就是虎鲨的身长，足足有5米。

“鹦鹉螺”号开始加速度前进，好像着急穿越这一片鲨鱼的海洋一般。

晚上7点，“鹦鹉螺”号进入了一片乳白色的海洋之中，我很是惊讶，眼前这片乳白色的海洋，是因为月光才形成的吗？这样的假设很快就被我自己推翻了，现在的时间，新月仅仅出现两天，并且现在是在阳光还没有散尽的水平面之下，天空之中虽然分布着点点的星光，但是与海面上的乳白色比较起来，还是显得黯淡极了。

孔塞伊简直不敢相信自己的眼睛，他开始询问我为什么会出现眼前这种奇异的景象。

“这种现象被称为‘乳海’，在这一带的水域出现的几率非常高。”我对孔塞伊说，“事实上，这就是一些白色的水流。”

“先生，您能不能帮我解释一下，”孔塞伊对我说，“平白无故，海水并不会变成乳白色的牛奶呀！”

“不会的，孔塞伊。”我告诉他，“眼前，我们看见的大片乳白色不过是水中数以亿万计的细小滴虫造成的。它们能够发出亮光，外形类似胶体，没有颜色，厚度赶不上一根头发，身长也不过0.2毫米。正是这些微小的滴虫连接在一起，才形成了我们看见的这片乳白色，而且一直绵延了好几海里。”

“是好几海里吗？”孔塞伊叫了起来。

“是的！”我说，“但是你没有必要对这些滴虫的数量进行计算，你一定算不清楚的！要是我没有记错的话，曾经有航海者在‘乳海’上航行了40海里！”

第二章 内摩船长的新建议

1月28日，“鹦鹉螺”号在中午时分浮出水面，对当时的纬度进行测量，显示我们正在北纬9° 4′，从“鹦鹉螺”号向西眺望，大约8海里的位置，有一片陆地，我拿出地图来进行比照，发现那片陆地正是锡兰岛，它是印度半岛下面的一颗耀眼明珠。

内莫船长也过来看地图，说：“锡兰岛最著名的就是珍珠，阿龙纳斯先生，您是否想去参观一下呢？”

“当然了！这还用问！”我很是兴奋。

“很好，这很简单，但是现在还不是采珠的季节，所以我们现在只能看采珠场地，还看不到采珠人！”

内莫船长又告诉我：“在孟加拉湾、印度洋沿海以及中国海和日本海等地，都可以采到珍珠，但是只有锡兰岛的珍珠质量是最好的。每年3月份的时候，是采珠的最好时节，那时候会有好几百条船同时在海上作业，每只船上有10多名桨手和10多名采珠人，采珠人会分成两组，分别潜入水中，下潜到大约20米深的地方采珠，他们会在两脚之间绑上大石头，并有一条绳子与船连接。”

我问内莫船长：“现在人们还在用这种原始的方法采珠吗？”

“是啊！”内莫船长说道，“这些可怜的采珠人不能在水下停留太长的时间，他们最多在水下忍耐30秒的时间，要将采来的珠贝放进一个小网袋里。一般来讲，这些采珠人的生命都比其他人要短很多，他们的视力总是过早地衰退，眼角溃烂、水下中风，各种各样的伤痛都围绕着这些采珠人……”

“唉！”我叹了一口气，“这是一个为了满足少数人乐趣的凄苦行业啊！”

船长向我们建议道：“阿龙纳斯先生，我们可以和您的同伴们一起到采珠场去参观一下，要是有早来的采珠人，我们还可以看见他们的作业情况。”

“内莫船长，就按照您说的办吧！”我对内莫船长说。

“另外，我还要问您一个问题，阿龙纳斯先生，”内莫船长又向我发问，“您害怕鲨鱼吗？”

我坦诚地回答了内莫船长的提问：“内莫船长，事实上，我对鲨鱼并不是很了解！”

“既然这样的话，我们最好带上武器，说不定还能捕获一头鲨鱼呢！”内莫船长说完，点点头离开了。

“这件事不能匆忙，”我自言自语地说，“万一在海里遇见鲨鱼的话，可不是儿戏，我应该想想清楚！”

在我和内莫船长谈话之后，鲨鱼的形象一直在我的脑海中浮现，我想象到的多半是长着巨颚，还生有一排相当锋利的牙齿的鲨鱼，能够在顷刻间把人断成两截。想到这里，我马上毛骨悚然起来。但是，内莫船长提出这种让人为难的邀请，口气却显得那么轻松，他究竟在盘算什么呢？

我心想：孔塞伊一定不愿意去采珠场，这样一来，我是不是就有借口不去陪同内莫船长了？但是尼德·兰德的态度就难说了，他总是那么好战，不管有什么样的危险，他总是想一显身手。

我随手拿出一本书，开始翻阅起来，但是在读的时候，我的思维却不能集中在书上，我的脑子里一直浮现的是内莫船长的话。我居然在字里行间看见了鲨鱼巨大的嘴，它们正张着血盆大口……

正在我胡思乱想的时候，孔塞伊和尼德·兰德走了进来，内莫船长向他们两个也发出了同样的邀请，但是他们好像还不知道，我们此行要和凶猛的鲨鱼打交道。

孔塞伊问我："先生，我想问您一下，采集珍珠是不是有危险呢？"

"不会的，"我急忙回答孔塞伊，"只要我们做好预防措施，是不会有任何危险的。"

"这一行业会有什么危险呢？"尼德·兰德耸耸肩膀，"顶多就是喝几口海水罢了！"

"就像你说的那样，尼德·兰德，"我尝试着学内莫船长说话的口吻，"难道你不怕鲨鱼吗？"

"我怎么会怕鲨鱼？"尼德·兰德的声调明显升高了，"千万不要忘了，我是一名出色的鱼叉手，怎么会惧怕鲨鱼呢？对付这些鲨鱼，本来就是我的工作啊！"

“那你呢，孔塞伊？”我问一旁的孔塞伊，“你觉得鲨鱼可怕吗？”

孔塞伊说：“我对先生会实话实说的！”

我在心中窃喜：太好了，孔塞伊！

“要是先生要到海里和鲨鱼进行较量，”孔塞伊继续说，“我哪有袖手旁观的道理呢！”

我还有什么好说的呢？黑夜慢慢降临，但是我却怎么也睡不着。

第三章 价值千万的珍珠

第二天早上4点，内莫船长派人来叫我们，我们来到甲板上的时候内莫船长已经在那里等我们了。

我们一行人乘着小艇出发，小艇上放着我们一会儿要穿的潜水服。这个时间，黎明的意味浓厚，我们还看不清周围的事物，只是依稀看见天空中的点点星光。5位水手并不急于赶路，慢悠悠地划着桨，他们的力道相当均匀，每隔10秒划一次桨，这是海军水手们的常规动作，小艇匀速前进，激起的水花又回到海里，发出“吡吡”的声响。

5点半左右，太阳逐渐把海洋的轮廓描画了出来，现在我们距离海岸已经有5海里远了，周围是一片迷雾，而在海岸和我们之间也没有任何东西，采珠场一片沉寂。内莫船长早就和我们说过了，我们早来了一个月。

内莫船长站起身来，看了一下周围的环境，对我们说：“现在我们穿潜水服到海里去进行游览吧！”

小艇上面的水手帮助我们穿好了潜水服，这次水手们并没有陪同我们一起进入水中。在水下，我脑海中纠缠不休的鲨鱼形象早就不见了踪影，此时我的内心平静极了。太阳也将足够的光亮照射到我们所在的位置，在这里，任何细小的物体都能被观察得一清二楚，我的视线被各种美妙的景色吸引了，真是美不胜收！

我们越过一个陡坡，内莫船长停下了脚步，他指着眼前的一样东西。

内莫船长所指的是一个庞大的珠贝，名字叫作“砗磲”，眼前这个庞然大物的宽度肯定已经超过了2米，它看起来就像是教堂里的圣水钵。我猜测眼前这个巨大的珠贝可能有300公斤重，而贝肉也有15公斤。

我想，内莫船长一定知道它的存在，难道他带我们来这里是为了展示这个巨大的自然怪物吗？

我猜错了，内莫船长是另有目的。

我们来到这个庞然大物旁边的时候，它的贝是半张着的。内莫船长拿出自己随身的匕首，将它插到两个贝壳的中间，让它没有办法合拢，随即用手将壳边的膜肉掰开，一个和椰子一般大小的，可以移动位置的珍珠出现在我们面前。这是一个圆球形的珍珠，看起来晶莹剔透，一看就是无法估计价值的稀世珍宝，在好奇心的驱使下，我想伸手去摸摸这个珍珠，掂量一下它到底有多重，内莫船长向我示意不要动，随即拿出了匕首，贝壳马上合拢在一起。

我明白了内莫船长的意图，将珍珠塞在砗磲的包膜里，珍珠会逐渐增大，因为软体动物会围绕珍珠不断地产生黏液，年年如此。我想，只有内莫船长才会认得这个培育有稀世珍宝的可爱砗磲吧。或许在未来的某一天，内莫船长可以将自己亲手培育的珍宝陈列在自己美轮美奂的客舱里。

刚才我们见到的珍珠，比我所见过和知道的所有珍珠都要珍贵，甚至比内莫船长所有的藏品都更珍贵，这不仅仅是一件装饰品，更是一件稀世珍宝，我想，肯定没有哪一位贵妇人的耳朵可以挂得起眼前这颗珍珠吧。

内莫船长带我们离开了砗磲。我们像闲逛的人那样彼此离得越来越远，想走就走，想停就停，想走多远就走多远。我呢，也早就把对鲨鱼的可怕想象抛诸脑后了。就在这时候，内莫船长停下了自己的脚步，他示意我们蹲下来进行观察。

在距离我们大概5米远的位置，有一团黑影贴着水底。我的脑中关于鲨鱼的想象马上浮现了出来，我害怕极了，后来，我知道这不过是虚惊一场。

那是一个人，一个不幸的采珠人，不到季节就来采珠了。

有一只小船停在采珠人头顶的水面上，以一根绳子将船与采珠人连在一起，他的双脚夹着一块打磨成圆锥形的石头，帮他沉到水底。下到5米深的时候，他马上跪下，将一个小珠贝拔了起来放在口袋里，然后上升，将自己的口袋倒干净，再沉到水底。这样一上一下的过程，仅仅用了30秒就完成了。

采珠人没有看见我们，他的视线被一块岩石遮住了。况且，这个可怜的采珠人也不会想到，在如此深的海底，还有人在偷偷观察他采珠的动作！

眼前这个采珠人正在上上下下地忙碌着，每次上下能采10个左右的珠贝，因为珠母都用有力的吸盘附着在礁石上，采珠人必须要花费好大的力气把它剥下来才行。而且，这些冒着生命危险采来的珠贝，里面还不知道究竟有多少珍珠呢！

突然，跪在水底的采珠人做出了惊慌的动作，他快速将身子挺直，正在尽全力游出水面。

一个巨大的身影出现在采珠人的上方，那是一条巨大的鲨鱼，它眼睛放光，张着血盆大口，正向着采珠人的方向冲过去。

采珠人机灵地往旁边一闪，避开了鲨鱼的血盆大口。但是鲨鱼的尾巴扫在了采珠人的身上，采珠人被打到了水底。随后鲨鱼马上转过身来，向采珠人发起了新一轮的攻击，一直蹲在我身边的内莫船长以迅雷不及掩耳之势冲到了鲨鱼的身边，他手里握着匕首，准备和鲨鱼展开一场激烈的搏斗。

鲨鱼将注意力从采珠人的身上移开，转而移到内莫船长身上，鲨鱼翻过腹部，向内莫船长的方向冲过去。内莫船长马上低下身子，同时将匕首插进鱼腹中，鲜血马上从伤口处喷涌了出来，将附近的海域都染成了红色，在浑浊的海水中，我什么都看不清。

一直什么也看不见，突然，透过一小块清净的海水，我看见内莫船长正在勇敢地和鲨鱼搏斗。他一手抓住鱼鳍，另一只手握着匕首，正在猛刺鲨鱼的心脏，鲨鱼拼命地挣扎着，疯狂地扭动身子。我真想上去帮忙，但是之前的恐惧使我挪不动自己的双脚。

陡然间，内莫船长被鲨鱼的巨大身体压倒了，跌倒在水底，鲨鱼张着大口，露出一排锋利的牙齿，向着内莫船长的方向冲了过去。眼看内莫船长性命不保，尼德·兰德马上拿着鱼叉冲了上去，击中鲨鱼的要害。鲨鱼开始在水中剧烈地晃动，反冲过来的水波甚至把孔塞伊掀翻了。但是，这已经是鲨鱼最后的挣扎了。

尼德·兰德救了内莫船长，内莫船长并没有受伤。他站了起来，走向这个采珠人，割断了系在他身上的绳索，抱着他向水面游去。

到了水面之后，这个采珠人逐渐恢复了知觉，内莫船长看着眼前这位穷苦的采珠人，从口袋里掏出一小袋珍珠放在了采珠人的手中。采珠人用颤抖的手接过了珍珠，他看着这位先是救了自己的性命，后来又赠予他珍珠的人，不知究竟是什么样的超人。

我们回到小艇之后，内莫船长首先对身旁的尼德·兰德说了一句话："谢谢您救了我，尼德·兰德师傅。"

"内莫船长，这是我对您的报答，"尼德·兰德说，"我本来就应该回报您的！"

内莫船长微微笑了笑。

小艇在水面快速地前进，鲨鱼的尸体已经浮到了水面上，它的鳍的末端是黑色的，是印度洋里最厉害的黑鲨。看得出，这是一头成年鲨鱼，身长7.5米，巨大的嘴已经占到身体的1/3，在它的上颚，有6排等边三角形的锋利牙齿，看了让人不寒而栗。

8点30分，我们回到了"鹦鹉螺"号上。回到船上之后，我对刚才我们经历的事情进行了回顾。我不得不佩服的是内莫船长过人的胆识和智慧。另外内莫船长救了采珠人之后，还将自己的珍珠赠予了采珠人，可见内莫船长还是极富爱心的。

我对内莫船长说了我上面的看法，内莫船长的情绪看起来有些激动，他说："阿龙纳斯先生，那个采珠人是被压迫国家的居民，我应该帮助他们。只要我一息尚存，我就永远会帮助这些被压迫的人们！"

鲨鱼张着大口，露出一排锋利的牙齿，向着内莫船长的方向冲了过去。眼看内莫船长性命不保，尼德·兰德马上拿着鱼叉冲了上去，击中鲨鱼的要害。

第四章　红海

1月29日，锡兰岛已经逐渐消失在地平线上。“鹦鹉螺”号正在以每小时20海里的速度驶过马尔代夫群岛和拉克沙群岛，这两个地点之间的水道情况相当复杂。自从我们从日本海开始航行以来，已经走了1.62万海里了，这个距离已经相当于3.03万公里。

30日，“鹦鹉螺”号上浮到水面上。四下张望，早已经看不见陆地，我们目前正向着西北方向航行，我们即将到达的海湾是阿曼海湾。这是阿拉伯半岛与印度半岛之间的通道，也是波斯湾的出口，再往前行驶的话，就没有出口了，即便是过去了，也要按照原路折回。假如我们不走波斯湾的话，就要途经红海。

但是，尼德·兰德也有自己的意见：“红海和波斯湾并没有差别，一样是没有通道的，目前苏伊士海峡还没有凿通，即便是已经开通了，我们这条怪船在水闸之间航行，恐怕也会吓到很多人吧？”

我告诉尼德·兰德：“我想内莫船长大概会在阿拉伯和埃及一带的水面上逛一下，然后再回到印度洋，也许会沿着莫桑比克海峡前进，绕道马斯克林群岛再去好望角也说不定呢！”

尼德·兰德继续追问我：“‘鹦鹉螺’号抵达好望角之后又会怎么样呢？”

“那样的话，我们就会驶向从没到过的大西洋，”我对尼德说，“嗨，朋友，难道你对现在这样的海底旅行感到乏味了吗？海底的景色富于变幻，绮丽多彩，并不是每个人都能有这样的机会的！”

“没错，”尼德·兰德说道，“尊敬的教授，您有没有反过来想一想，我们已经整整在这个船上囚禁了将近3个月了！”

“尼德，我从来不计算在船上的日子！”

“这样做有什么好处呢？”

“在未来的某一天，这一切必定会有一个结果的。我们现在费心计算也于事无补。将来有合适机会的话，你对我说‘教授，我们赶紧逃吧’，我会毫不犹豫地和你研究如何一起离开，但是眼下的光景，并不允许我们这样做。”

我和尼德·兰德最终不欢而散。

时间到了2月3日，在这之前的整整4天的时间里，“鹦鹉螺”号一直在阿曼海湾行驶，船航行的速度和深度在不断地发生着变化，就好像在几条水道之间徘徊一样。

2月6日，当船再一次浮出水面的时候，我远远地望见了亚丁湾。这个港口建在岬角之上，一条狭窄的地峡将其与陆地相连。我想“鹦鹉螺”号航行到这里的时候，内莫船长一定会下令折回。但是，船真到这儿时，内莫船长并没有下达类似的命令，“鹦鹉螺”号还在一直前进。2月7日的时候，船通过了曼德海峡，中午时分，我们已经在红海上行驶了。

《圣经》上面对红海也有记述，说红海是著名的大湖，全长2600公里，是一条极为狭窄的海道，平均宽度只有240公里。即便在有雨水降临的季节里，红海周围的温度也是非常高的，没有一条大河作为红海的水源，过量的蒸发导致红海的水位每年都要下降1.5米。早在古埃及和古罗马王朝的时候，红海就已经成为当时著名的水上交通要道。时至今日，苏伊士地峡开通，红海一定又能恢复往日的光彩了。

我没有对内莫船长将船开到这里的目的进行过多的猜测，而且我对来到红海的计划还是非常赞成的。“鹦鹉螺”号可以在海上任意升降，这样，我们就可以在船上观察水面和水底不同的景色。

现在“鹦鹉螺”号正在逐渐靠近非洲海岸，附近海水的颜色变得越来越深了，但是清澈依然，就像一块透亮的水晶一般。打开舱盖之后，我们能够看见色彩艳丽的珊瑚丛，一直绵延很长的距离，周围的岩石都覆盖着一层墨绿色的海草，远远望去，就像是一块气势恢宏的巨大地毯，壮观极了！

我们通过客舱的玻璃窗户欣赏窗外的美丽景色：海底的动物也是千姿百态，尽管海底的色彩和水面比较起来仍然暗了一些，但是依然是繁盛奇幻的！我们度过了快乐而美好的海底时光……

2月9日，“鹦鹉螺”号浮出水面的时候，我们已经来到了红海最宽的海域。在我们的西边是萨瓦金，东岸则是贡菲宰，之间的宽度有190海里。

中午，我正在甲板上欣赏周围的景色，内莫船长也来了。

“阿龙纳斯先生，您喜欢我们眼前的红海吗？您有没有观察到它蕴藏的奇特内涵呢？我所指的是海水里的鱼类和浮游生物，或者珊瑚之类的……”

“没错！内莫船长，”我回答道，“‘鹦鹉螺’号在此进行相关的研究是最合适不过的了。”

内莫船长笑了，我又问：“内莫船长，您好像对红海有独特的研究，您是否能告诉我，红海名称的来历呢？”

“哦，阿龙纳斯先生，关于红海名称的来历有很多种说法，您是否愿意听听一位14世纪的历史学家是怎么说的？”

“当然了，内莫船长！”

“这位天马行空的历史学家说，‘红海’是以色列人经过此地之后才有的，法老的军队在这些以色列人后面紧追不舍，当大海听见摩西声音的时候，便掀起了狂风巨浪，将法老的军队全部淹没了！在这里，这个海是奇迹的显现，所以海水变成了鲜红色，我们称其为‘红海’是再合适不过的了！”

“可是，内莫船长，”我继续追问道，“这仅仅是诗人的解释，我并不满足于此，我想听听您的意见。”

“教授先生，您要是问我意见的话，我认为‘红海’这个称呼是原来的希伯来语‘Edrom’一词，也就是‘红色’的意思，先人们这样称呼这个海，就是因为海水颜色的关系。”

“但是到现在为止，海水依然是清澈的，并没有看出什么颜色上的变化……”

“这是当然的，但若继续往里走，您就会看见一些奇怪的现象了，特别是当我们行驶到多尔湾的时候，我曾经到过那里，那里的海水几乎全是红的，就好像血湖一般。”

我问内莫船长：“海水出现颜色的变化，是否和海水中的藻类生物有关呢？”

“没错！那里的海水中生活着‘束毛藻’一类的海藻，这种藻类生物能够分泌红色的黏胶物质，另外这种藻类的体积非常小，4万个这种藻类，才占一平方毫米的面积。等我们抵达多尔湾的时候，您就能亲眼看见这些景观了！”

“您刚才提起过，以色列人和法老的军队从这里经过并且遭水淹的故事，那么，您有没有在这里的水底发现关于这个说法的相关证据呢？”

“并没有，阿龙纳斯先生，”内莫船长说，“但是这却有一个明显的理由。”

“什么理由？”

“摩西曾带领子民经过的地方，现在已经变成一片沙土，没有水的地方，‘鹦鹉螺’号根本不能抵达。教授先生，关于这一点，我想您应该很清楚！”

“内莫船长，您所说的那个位置在……”

“在苏伊士运河向上一点的位置。在很早以前，这里曾经是一个很深的河口，红海的水可以流到这些咸水湖中，法老的军队也是在那里遭遇灭顶之灾的。我以为，我们到那些沙土里去发掘的话，应该会找到大量的古埃及使用过的武器和用具吧。”

“没错，”我肯定了内莫船长的说法，“但是，发掘的工作一定要抓紧进行才行，一旦苏伊士运河凿通，地峡之上就会出现很多新兴的城市。当然，苏伊士运河对‘鹦鹉螺’号来说并没有实质性的用处。”

“非常遗憾，教授先生，我不能带您穿越苏伊士运河，但是，后天，我可以带您到地中海去，在那里，您可以看见塞得港长长的堤岸。”

我喊了起来：“地中海！”

“是的，教授。有什么不妥之处吗？”

“内莫船长，这简直太奇怪了，您的‘鹦鹉螺’号从好望角绕道，再沿着非洲转了一大圈后又到地中海的话，需要惊人的速度才能够抵达！”

“阿龙纳斯先生，我想我并没说要绕非洲一圈之后才抵达地中海。”

“但是，内莫船长，如果不这样的话，您恐怕只能从陆地上穿过去了……又或者从地峡经过……”

“先生，我们可以从地峡经过……”

我简直不敢相信自己的耳朵：“难道地底下还有通道吗？”

“当然，”内莫船长的表情十分平静，“现在人们在地球表面进行的事情，大自然早就在地球内部做过了。”

“您是怎么发现这条水道的？”我越来越感到惊奇了。

“教授，发现这条水道是在一个偶然的机会下，但是里面也有一些推理的成分。甚至可以说，推理的成分大于偶然的因素。”

我急于听到内莫船长的解释。

“教授先生，我运用的是科学家最常运用的简单推理，正是这些简单的推理让我发现了这条海底水道的存在。开始的时候我就已经注意到——在红海和地中海中，有很多鱼类的品种是相同的。在注意到这些情况之后，我就开始大胆地想象，这两个海之间是不是存在着某一个不为人知的水道，将它们连在了一起。另外，还有一点引起了我的注意，红海和地中海的水位是不一致的，水流一定是从红海流向地中海的。于是，我在苏伊士运河附近抓了一些鱼类，在它们的尾部套上小铜环作为记号，再将它们放回水中。仅仅在几个月之后，我就在叙利亚海岸找到了带铜环的鱼，这一点就证明了两海之间相互连通的事实。我用‘鹦鹉螺’号来寻找这条水道，终于让我找到了它。阿龙纳斯先生，在不久之后，我们就将通过这条阿拉伯海底水道。”

第五章 阿拉伯遂道

我把内莫船长说的话告诉了尼德和孔塞伊。孔塞伊在一旁拍手叫好："有一条海底水道，是不是真的？还能连接地中海和红海？这听起来真让人激动！"

而尼德·兰德则还是满脸不屑的样子："等着瞧吧！我巴不得这条海底水道是真的，这样内莫船长就能将我们带到地中海了！"

在接下来的几天里，"鹦鹉螺"号在海里浮浮沉沉。当我们从多尔湾经过的时候，我看见那里的海水的确是暗红色的，就像内莫船长说的那样。晚上9点左右，我们开始在水里航行，我估计这时候，我们已经离苏伊士运河很近了。打开客舱的盖板，透过舷窗向外张望，水底的岩石在探照灯的照射下显现得一清二楚，我感觉我们越是往前行驶，水道就变得越狭窄。

9点15分的时候，"鹦鹉螺"号开始在水面上行驶，我走到甲板上，焦急地向前张望着，想快点让内莫船长带我们经过那条海底水道。黑暗之中，我隐隐约约看见远方有点点火光，因为海面上有水雾的关系，看不清楚，只觉得我们和那些火光大约相隔1海里。

"那是苏伊士运河的灯塔。"

我回头看，内莫船长站在我身后，他说："我们很快就要从那里进入水道的入口了。"

我问内莫船长："驶入水道是不是很简单？"

"不，教授，并不是那么简单。所以，每次经过这个水道的时候，我总是要到舵舱亲自指挥。阿龙纳斯先生，现在船马上要下潜了，请您回到船舱里，等我们通过阿拉伯水道之后再请您上来。”

我跟随内莫船长下到船舱中，船身开始下沉，不久，就下潜到了大约10米深的位置。我刚想回到自己的房间，就听见内莫船长在我身后说：“阿龙纳斯先生，难道您不想跟随我一同前往舵舱吗？”

“内莫船长，我能够和您一起前往舵舱吗？”

“是的，阿龙纳斯先生！”

我在内莫船长的带领之下，来到位于平台前端的舵舱。在舵舱正中央放置着舵轮，舵舱的附壁上镶嵌着4面凸透镜作为窗户，这样舵手们就可以看到四面八方的情况。舵舱里的光线很暗，但是不一会儿，我已经完全适应了，我看见一名精明强干的舵手正两只手扶着舵轮，船外的探照灯将船身前面的海域照得一片通明。

“现在，我们就开始寻找阿拉伯水道的入口吧！”内莫船长下达命令。

在舵舱和机舱之间，有很多电线将它们连接在一起，内莫船长不断调整着前进的方向和速度。

我的眼睛一直盯着船外面陡峭的岩石，这些岩石就是沿海沙地的地基。“鹦鹉螺”号的船身擦着这些岩石前进足足有一个小时的时间。内莫船长的眼睛一直盯着有双同心圆的罗盘，只要他打个手势，舵手就会随时改变航向。

这条黑漆漆的长廊好像深不可测，但是在内莫船长的亲自指挥之下，“鹦鹉螺”号安然无恙地前进着，船身并没有与周围的岩石发生摩擦，这时候，我的耳边传来了一阵阵从来没有听见过的“咝咝”的声音。

“这是红海的水沿着斜坡冲向地中海的时候发出的声音……”内莫船长这样告诉我。

从右面的舷窗向外张望，能够看见大簇大簇的珊瑚，柔软的海藻在这些珊瑚丛之间翩翩起舞。

这条长廊极其狭窄，在探照灯的照耀之下，两面的岩石反射出不同的线条、纹路，我的心跳开始不受控制，我下意识地用手压住了心脏的位置。

20分钟之后，内莫船长转过身对我说：“阿龙纳斯先生，现在我们已经抵达地中海了！”

第六章　希腊群岛

2月12日，“鹦鹉螺”号在天亮之时浮出水面，我急急忙忙奔上甲板。在南面大约3海里的位置，我们隐隐约约地看见了尼罗河三角洲。毫无疑问，我们已经被水流带到了另外一个海洋。现在我们是顺流而下，假如是逆流而上的话，恐怕就难以实现了。

尼德·兰德和孔塞伊同时出现在甲板之上，他们昨晚都睡得很香甜，对于昨天晚上在“鹦鹉螺”号上发生的一切都毫无知觉。

“喂！大教授！”尼德·兰德用调侃的语气对我说，“您所说的地中海呢？”

“现在我们就是在地中海里航行呀！”我告诉尼德·兰德，“昨天晚上，我们并没有花费多少时间就度过了这条狭窄的地峡。”

尼德·兰德对我所说的话表示怀疑，发出了“哼！”的一声。

我告诉尼德·兰德：“你的眼力好，你有没有看见不远处那条长堤，那就是塞得港的长堤。”

尼德·兰德仔细地观察了一下，转过头对我说：“教授，您说得没错，现在我们真的已经到地中海了。内莫船长还真的是有两下子！很不错！现在我有些话要和你们商量，但是不能让别人听见……”

我马上意识到尼德想说什么事情了。不管怎样，谈谈这件事情总是好的。

于是我们3个人在探照灯旁边坐了下来，开始讨论……

“尼德，我们现在听你的，你来说说你的意见吧！”我说道。

“阿龙纳斯先生，”尼德·兰德说，“事实上，我的想法很简单，既然现在我们已经抵达欧洲，就要趁着内莫船长还没有改变主意将我们拉到两极的海底，或者大洋洲的海底之前赶紧逃出去。”

我不得不承认，眼前鱼叉手和我们讨论的这个问题让我感到很为难，我不想妨碍我的同伴们追逐自由的脚步，但是我也不想在这个时刻离开内莫船长和“鹦鹉螺”号。多亏了这条船，我每天的研究都有突破性的进展，正因为身在“鹦鹉螺”号上，才能有机会了解很多未知的世界，并且当我回到陆地的时候，还可以重新写一本关于海底的书籍。以后还能有类似的海底旅行的机会吗？恐怕一辈子都没有了。我怎么能舍得在没有进行完研究之前就离开“鹦鹉螺”号呢？

“尼德，”我对尼德·兰德说，“请你坦诚地说，现在你对在‘鹦鹉螺’号上面的生活感到厌烦吗？还是仅仅因为不服气将自己的命运掌握在内莫船长手中？”

尼德·兰德听了我的话愣住了，过了好一会儿，他才回答道：“说真的，先生，我并没有感觉到厌烦，而且我觉得，进行这次海底旅行是我人生中做过的一件开心的事情。但是教授，什么事情都该有结束的时候。”

“我的朋友，”我对尼德说，“我很赞成你的说法，这件事肯定会有一个结果的。”

“那我就放心了，阿龙纳斯先生。”尼德·兰德说，“这件事到何时何地才能了结呢？”

“什么时间，我说不准；什么地方，我也说不清楚……也许，当这次海底旅行不再给我们提供稀奇事物的时候，就是我们将要离开的时候吧，任何事情都要有始有终才是！”

“我也是这样想的，先生，”孔塞伊说道，“可能当我们走过这个世界上的所有海洋之后，内莫船长就会让我们自由离开了。”

“自由离开？”尼德·兰德用难以置信的口气说道，“请问孔塞伊，你刚刚所说的是‘自由离开’吗？”

“尼德，我们不要贸然夸大其词，对于内莫船长，也不必有任何惧怕。孔塞伊的猜测，我也表示赞同，现在我们已经知道了‘鹦鹉螺’号太多的秘密，即使内莫船长愿意让我们走，恐怕也不希望我们将船上的秘密说出去吧。”

“阿龙纳斯先生，您希望的到底是什么呢？”尼德·兰德问道。

“我希望6个月以后再次出现我们能够利用的机会，就像现在一样。”

“先生，半年之后我们会在什么地方出现呢？”尼德·兰德说。

“有可能回到现在这个地方，或者我们出现在了中国，又或者在其他什么地方也说不定。‘鹦鹉螺’号的行驶速度是无与伦比的，就像天上的老鹰一样，又像是陆地上面的火车。谁也不敢保证，‘鹦

鹦螺’号在未来的日子不会接近法国、英国或者美国的海岸线，我想那个时候，就是我们逃走的最佳机会！”

“教授先生，”尼德·兰德的脸上写满了严肃，“您的论证并不让人信服，您总是说以后怎么样，对以后这个未知的时间进行这样或那样的假设。但是，教授先生，我们要讨论的是现在，既然上帝给我们这个机会，我们就一定要好好利用眼下这个机会。”

尼德·兰德对我步步紧逼，同时也让我哑口无言。的确是这样，我的解释并不合乎逻辑，但是我已经找不出更合适的说法。

尼德·兰德转身问孔塞伊：“孔塞伊朋友，关于离开这件事情，你是怎么想的？”

孔塞伊老实地回答道：“我对这件事无所谓，因为我就是为先生效命的，先生要去哪里，我自然就会追随在先生左右，照顾先生。我和先生的想法和说法都是一致的。”

听到孔塞伊这一番话，我并不感到意外，尼德·兰德看到孔塞伊并不反对他想要逃走的想法，也显得很开心。

“既然孔塞伊对这件事情不发表意见，那么，这件事情就由咱们两个来决定吧，阿龙纳斯先生！”尼德·兰德说。

关于逃走这件事情，我也不能一直靠回避作为掩饰，躲躲闪闪终归不是我的性格。

“尼德，我是这样想的：你的想法很对，我的说法的确有点站不住脚。我们的确不能指望船长主动将我们释放，这是最基本的常理，换成是一般人，在极其谨慎的情况下，也不会将人放走的。反过来，就我们自身而言，逃跑必须一次成功，但如果失败了，内莫船长是不会饶了我们的！”

“没错，阿龙纳斯先生，你的话适用于所有的逃跑计划。最关键的问题就是，一旦机会出现在我们面前的时候，我们就一定要好好把握！”尼德·兰德肯定了我的观点。

“我同意你说的，尼德，”我对尼德·兰德说，“按照你的想法，究竟什么情况才是我们逃离的最佳时机呢？”

“比如在某个晚上，‘鹦鹉螺’号距离欧洲某地的海岸非常近，那个时候，对我们的逃走是非常有利的！”

“你计划泅渡？”

“没错！假如我们距离海岸很近，这时候船又在水面的话，是我们逃走的最佳机会，相反，当‘鹦鹉螺’号在水下，而且距离海岸很远，我们就应该选择不行动。”

“不行动的话又怎样呢？”

“我们可以寻找恰当的机会，夺取船上的那只小艇，教授先生，请您放心，我知道怎么使用小艇，先进入小艇，然后松开螺栓，小艇就会自动浮出水面，因为舵舱在船的前面，舵手们并不能发现我们逃走了！”

“尼德，你愿不愿意听听我对你的计划的看法？”

“教授，您大可直言！”

“我想说，刚才你在计划中谈到的机会，其实是微乎其微的！”

“为什么？”

“内莫船长肯定知道，我们对恢复自由之身的急切盼望，所以，当‘鹦鹉螺’号靠近欧洲海岸的时候，内莫船长一定会派人对我们严加看管的！”

在一旁沉默许久的孔塞伊说：“没错，我也同意先生的看

法！”

尼德·兰德却坚持自己的意见，态度很坚决地说：“还是走着瞧吧！”

我们的谈话到这里就结束了。事实好像也和我的预计是一样的，在跨越地中海的时候，内莫船长好像有意无意地避开了周围行驶的船舰，“鹦鹉螺”号在整个行驶过程中不是在水下航行，就是在距离海岸很远的海面。有时候，就算浮出水面，也是只露出船舱的部分，其余的部分都在水里。

2月14日，与其浪费时间想着如何逃跑，倒不如花些时间，好好研究一下海洋的神秘。现在我们已经到了希腊群岛海域，我决定研究一下这个水域里的各种鱼类。但是不知道为什么，船舱的盖板一直是紧闭的，但是依据方向来判断，“鹦鹉螺”号现在应该是在向着克里特岛行驶。

晚上，我和内莫船长坐在客厅里，内莫船长一直沉默不语，好像有心事。后来，他让人打开了船舱盖板，他站起身来，开始在客舱里踱来踱去，偶尔停下来观察周围的海水，内莫船长究竟在想什么呢？

我索性不去猜，坐在舷窗旁边安静地研究海里的鱼类。

首先进入我眼帘的是虎鱼。在亚里士多德的著作中，曾经提到过这种鱼类，它的俗名叫作“鼻涕虫鱼”，在尼罗河三角洲的咸水中非常普遍；在水中还有鲷鱼，这种闪着磷光的鱼类，它被古埃及人奉为神鱼，当成群结队的鲷鱼出现在尼罗河中的时候，就意味着即将有大量的雨水降临，这无疑是给干涸的大地最好的给养。人们总是会举行隆重的仪式来迎接。

在成群结队的鱼儿中，还有一种并不常见的鱼类——鲫鱼。它们总是喜欢贴在鲨鱼的肚皮上，是鱼中的“懒汉”，这种鱼类引起了我对远古时代的遐想，传说它们能钩住船，阻止船前进。据说，当古罗马的执行官安东尼和奥古斯都在海上大战的时候，鲫鱼就曾经阻止安东尼的船前进，帮助奥古斯都赢得了大胜利。国家的安危都寄托在了一条小鱼身上！

我目不转睛地注视着眼前这些奇妙的小生物，突然，在海水中出现了一个人！是一位潜水者，他的腰间系有一条皮带，他正在用双手不停地划水，时而浮出水面呼吸，过一会儿又沉入水中。

“水中有人！是一个遇难者！内莫船长我们赶紧救他！”我焦急地对内莫船长说。

内莫船长并不理会我的话，他走到窗前冲着外面的人点头示意，外面的人比划了一个手势回答他，之后，那个人就浮出水面消失了。

“内莫船长，您认识刚才那个人是吗？”

“为什么不呢？阿龙纳斯先生！”

说完，内莫船长就走到一个大柜子前面，那里有一个铁皮箱子。他打开箱子，从里面拿出一块黄澄澄的东西，是金条！内莫船长将这些金条整整齐齐地码进铁皮箱子里，摆得满满的，我估计应该有1吨吧，换句话说，这些金条价值500万法郎！

这些贵重的金条是哪里来的？内莫船长要用它们做什么？又要把它们运到哪里去？

铁皮箱子的盖子盖住了，内莫船长叫来4名船员，这几个船员很吃力地将箱子抬出了客舱，随后，一阵拉动的声音传来。

我目不转睛地注视着眼前这些奇妙的小生物，突然，在海水中出现了一个人！他的腰间系有一条皮带，他正在用双手不停地划水，时而浮出水面呼吸，过一会儿又沉入水中。

内莫船长转过身来，问我：“教授，您刚才说什么？”

“内莫船长，并没有什么重要的事情！”

“好的，阿龙纳斯先生，祝您晚安！”

内莫船长不等我回答就离开了客舱，留下满腹狐疑的我。回到自已的房间之后，我躺在床上翻来覆去，久久不能入眠。那个潜水者和内莫船长到底是什么关系呢？那一大箱的金条到底是用来干吗的？这两件事情之间是不是存在着某种不为人知的联系呢？

这些疑问都深深地困扰着我。我正百思不得其解的时候，感觉到“鹦鹉螺”号一阵颠簸。原来是船已经浮出了水面，甲板上有一阵窸窸窣窣的声音，好像是说话声和放小艇的声音。两个小时之后，又有一阵声音传到了我的耳朵里，随后“鹦鹉螺”号就回归了往常的平静，就像什么都没发生过一样。

是不是黄金已经被运到陆地上面了？那么，又是谁，在哪里安置这么一大批黄金呢？这真是一件让人挠头的事情。

第二天，起床之后，我在第一时间把昨晚看到的事情告诉了尼德·兰德和孔塞伊，他们两个人同样也惊愕得张大了嘴巴。

尼德·兰德问：“这么一大批黄金是来自哪里的呢？”

“哦……我回答不了这个问题！”我万分遗憾地告诉尼德·兰德。

午饭过后，我在客舱里看资料，看着看着，觉得有一股难以忍受的热流向着我的方向袭来，我把外套脱了下来，但还是觉得热气难耐，我想不通为什么船上的温度会突然变得这么高，看了下压力表的示数，已经在水下18米了，通常在这种压力下，是不可能有这么高的温度的。

“会不会是船上着火了？”我在心中暗暗猜测。

正在这时候，内莫船长走了进来，他看看温度计上面的示数，转过身来对我说：“现在已经是42℃了。”

“是吗？内莫船长，我简直难以忍耐了！”我回答内莫船长。

“没有关系，是我们故意让温度变成这样的。”

“那么，是不是我们想让温度降下来的话还可以降下来？”

“要降下来不是不可以，除非我们离开！”内莫船长说。

“您的意思是说，这种温度不是‘鹦鹉螺’号本身散发出来的，而是来自外部吗？”

“是的，阿龙纳斯先生！我们现在正在沸水中航行！”

“天呐！这一定不是真的！”我惊叫了起来。

“教授先生，请您跟我来。”内莫船长做了一个“请”的手势。

客舱的盖板打开了，我看见周围的海水是一片白色的，一股股硫黄的气泡正在不断地上升。水流真的是沸腾的，就好像在锅炉中一般。我尝试着将手放在舱壁上。啊！好烫！我差点惊叫出来，赶紧缩回手。

我问内莫船长：“现在我们所在的是什么位置，怎么会产生沸腾的海水呢？”

“现在我们在桑托林火山附近，我们之所以来到这里，主要是想让您亲眼见识一下海底火山喷发的奇妙景观。”内莫船长回答道。

“我一直以为，新岛屿的形成是在火山喷发之前就结束了的！”我说道。

“在存有火山的海域里，是不存在结束的可能性的！”内莫船长说，“地球表面会不断地受到来自地球内部的作用力。根据以前的记载，在公元19年，就是在现在我们所在的这个位置，曾经出现过一个小岛，但是在不久之后就沉没了，直到公元69年，这个小岛又重新浮出了水面，后来它又消失在了人们的视线之中。到了1866年2月3日，在现在这个位置，又重新出现了一个小岛，被命名为‘佐治岛’，在以后的时间里，佐治岛和周围的几个小岛连成了一片。当时，我也来到了这个海域中探险，我观察到了岛屿形成的各个阶段，新的岛屿是圆形的，直径大约有90米，高10米左右，是由黑色玻璃质的火山岩组成的，中间还混杂着很多长石碎片。”

内莫船长伸手指了指希腊各群岛的地图，然后对我说：“阿龙纳斯先生，您看，我已经把新岛屿的地图添加上去了！”

我走到玻璃窗前，这时候，船已经停了下来，温度还在继续升高，因为海水中混有铁盐等物质，使原本白色的海水变成了红色。尽管“鹦鹉螺”号的整体密封做得非常好，但是依然有一股难闻的硫黄味道溢进了客舱中。窗户外面是熊熊的火光，可以称得上是名副其实的“火海”了！这些火光足以让“鹦鹉螺”号上的探照灯黯然失色！

因为温度的关系，我全身都已经湿透，汗水如雨点般嘀嘀嗒嗒地落下来，我真的有点撑不住了。

“我再也承受不住待在沸腾的海水中了！”我向身旁的内莫船长抗议。

内莫船长不动声色地说：“好！再继续待下去怕是不行了。”

内莫船长下达了指令，“鹦鹉螺”号马上掉头，离开了这座喷发着的海底火山，仅仅一刻钟之后，我们就上浮到了海面上，享受自在的呼吸。

我想，要是尼德·兰德在这个时候实施他的逃离计划，我们肯定都要葬身在火海之中了！

第七章 地中海上的四十八小时

今天是2月16日，不知道是什么原因，内莫船长下达了用最快的速度离开地中海的指令，到18日中午的时候，“鹦鹉螺”号顺利通过了直布罗陀海峡。

但至少有一点很明显，内莫船长好像不喜欢地中海。说不定这里的海水和海风让内莫船长回忆起的都是伤痛的过往吧，内莫船长脸上以前的那种潇洒的神情不见了，眼前的内莫船长满脸都写着感怀。

在接下来的航行中，内莫船长甚至没有再露面。

现在“鹦鹉螺”号的时速是每小时25海里，不用说，尼德·兰德对于眼下这个状况很是失望，因为在这样的船速下，实施所谓的逃亡计划是根本不可能的，在这种情况下逃出“鹦鹉螺”号，就好像从一列飞驰的火车上往下跳。另外，还有很重要的一点，船总是在黑夜里出来换气。

2月16日到17日的夜间，“鹦鹉螺”号进入了地中海的第二层海底区域，深度已经达到了3000米。船在螺旋桨的作用下，一直潜到了最深的水层。这里并没有什么自然界的景观，只有遍地的沉船，有的躺着，有的直立着。一直从阿尔及利亚沿海延伸到法国的普罗旺斯海底，场面恐怖极了，真是让人目不忍视！这些船遇难的时候，无数人就这样葬身海底了，船上的水手是否有幸存的呢？或许，有幸运的水手生存了下来，这些幸存者们会向别人说起自己的遇难经历，但是在茫茫的海底中，无尽的巨浪又尘封了多少海难的记忆呢？

越是靠近直布罗陀海峡，船只的残骸就越多，我的心情也变得越来越沉重了。

2月18日凌晨3点，“鹦鹉螺”号出现在直布罗陀海峡的出口，仅仅过了几分钟的时间，我们就开始在大西洋上航行了。

第八章　维哥湾

浩瀚的大西洋，长9000海里，宽2700海里，总面积达到约2500万平方海里。除了古代的迦太基人因为贸易的需要，很早之前就在欧洲、非洲的西海岸开始航行之旅以外，其他人对此一无所知。大西洋的边缘地带，海岸线异常曲折，同时，这里遍布着很多著名的河流，比如圣劳伦斯河，亚马逊河、密西西比河以及尼日尔河、易北河等等。

这些河流有的流经文明的国家，有的流经最野蛮的地区，但是最终都汇入了大西洋之中。在浪花四溅的水面上，各色船只都在航道上快速行驶着。但是，在大西洋的尽头，合恩角和风暴角却让全世界的航海家们都闻风丧胆。

“鹦鹉螺”号在过去3个半月的航行时间里，总航程已经超过了1万海里。现在，内莫船长又将带我们到什么地方去呢？在尼德·兰德和孔塞伊的陪伴之下，我来到甲板上，海面上波涛汹涌，不时有浪花拍打在我们身上，呼吸完新鲜空气之后，我们又回到了自己的房间，尼德·兰德看起来心事重重，我知道一定是在地中海的飞速行驶让他没有寻找到合适的逃离机会，使他很失望。

我们面对面坐下来，我对他说：“尼德，我非常理解你现在的心情，但是你也不必自责。‘鹦鹉螺’号的行驶速度非常快，在这样的条件下选择逃走是不可能的。”

尼德·兰德咬着嘴唇，紧皱着眉头，从他的表情中我看出了他想要逃离“鹦鹉螺”号的坚定信心。

“我想事情还不到绝望的地步！”我对尼德·兰德说。

“哦？”尼德·兰德好奇地看着我。

“现在‘鹦鹉螺’号正在沿着葡萄牙海岸向北行驶，不远处就是英国或法国，到那时，我们要计划逃跑的话，就容易很多了。尼德，其实，现在我的心里和你一样着急，但是干着急是没有用的，我们一定要计划好一切。这一路航行的过程中，我们也都感觉出来了，内莫船长好像并不是太回避开化的海洋，所以，等我们到达英国或者法国附近的时候，再执行我们的逃跑计划也不迟，到了那个时候，我们逃跑的风险也将大大减小。”

尼德·兰德紧紧地咬着嘴唇，眼睛直勾勾地看着我，最后，他一字一顿地说：“阿龙纳斯先生，我们今晚就按照预定计划办！”

听了尼德·兰德的话，我整个人都愣住了。坦白说来，我一点儿思想准备都没有，我不知道要回答尼德·兰德什么，也不知道该怎么开口。

“我们一定要等到最合适的时机。”尼德·兰德说，“现在，有一个绝佳的机会摆在我们面前。今天晚上的时候，‘鹦鹉螺’号将抵达西班牙水域，那个时候，我们距离海岸只有几海里的距离，夜深人静，我们选择在那个时候逃跑是再合适不过的了！尊敬的阿龙纳斯先生，您说过的，我相信您所说的话！”

尼德·兰德还没有等我回答，就站起来，眼神坚定地说：“那我们就约好了今天晚上9点钟行动，我已经通知了孔塞伊。在9点钟的时候，内莫船长已经回到自己的舱房休息了，机械师和船员们也不会太过留意我们，我和孔塞伊会到中央梯子那边，教授您则在客舱等我们的信号。小艇的桨、桅杆和帆一应俱全，我们还找到了一些能填饱肚子的食物，对了，还有最重要的扳手，有了它我们才能够将小艇从‘鹦鹉螺’号上面卸下来。一切都准备就绪了，就等今天晚上的到来。晚上见，阿龙纳斯先生！”

尼德·兰德走了，剩下我一个人待在原地不知所措，本来我想和尼德·兰德讨论一下关于逃跑的事情，但是固执的尼德·兰德根本不给我考虑的时间。其实，尼德·兰德的考虑是正确的。现在他选择的这个时机是千载难逢的，假如错过了这个机会的话，恐怕以后很难再有逃跑的机会了，的确，我也曾经答应过尼德·兰德，既然已经做出许诺，就没有反悔的理由！而且，等到明天来临的时候，可能真的太晚了，到那个时候，内莫船长可能已经把我们带到更远的地方去了！

我走进自己的舱房中，在沉默中看书打发时间。现在我的心情十分纠结，我既想逃走，摆脱内莫船长的束缚，又想继续留在‘鹦鹉螺’号上，对未知的海底世界进行探索。要知道，当我离开“鹦鹉螺”号的时候，那些关于海洋的研究就都无从谈起了，这就好比一本引人入胜的小说，在读了几章之后，就掉在了地上，美好的梦中断的时候，总是让人难以接受。

但是，反过来想想，假如我执意留在“鹦鹉螺”号上，岂不是损害了同伴们的利益吗？我尝试着说服自己，到了明天晚上就真的太晚了……

过了一会儿，一阵“嘶嘶”的声音传进了我的耳朵里，那是“鹦鹉螺”号的储水仓进水的声音，再过一会儿“鹦鹉螺”号就要潜入大西洋的水底了。

晚饭的时候，和以前一样，我们都是在各自的舱房用餐，但是此时心事重重的我并没有胃口。7点钟我离开了饭桌，这个时候，距离和尼德·兰德约定的时间只剩下两个小时了，我的心脏开始没有规律地跳动，这种感觉真是难受！

我还想最后到客舱看一看。我经过走廊，来到了客舱，在客舱里，我曾经度过了无数欢愉的时光，那里陈列着大自然和人类最好的智慧结晶，而现在，我即将永远地和这些美好的事物分开了！

客舱的一角，能够通往内莫船长的舱房，我走近那间舱房的时候，发现内莫船长舱房的门是虚掩的，很明显，内莫船长并不在自己的舱房里，冲动之下，我推开了内莫船长舱房的门。舱房内的陈设简单而朴素，我环顾四周，看到墙壁上面挂着各国伟大人物的肖像，有波兰的，意大利的，还有希腊等等国家的，在房间最显眼的位置，挂着的是美国的两位总统肖像，一位是华盛顿，另一位是林肯，还有一幅肖像是为了废除奴隶制度而牺牲的约翰·布朗。

我暗自思忖，难道是这些英雄人物身上具备的精神在某些方面激励了内莫船长？又或者，内莫船长是广大被压迫人民的守护神，或者是废除奴隶制度的支持者，又或者他是本世纪一位著名的隐居政治家、社会变革的重要领袖？

我的脑中就好像有一团扯不清的麻，纷乱地纠结在大脑中。这时候，时钟的指针，显示的是8点钟。我一下子从沉思中警醒了过来，就好像有一道犀利的目光一下子看穿了我心底全部的心事。我急急忙忙地从内莫船长的房间里走了出来，回到客舱中，我看了一眼罗盘，现在“鹦鹉螺”号正在向正北方向前进，我们在水下60米深的位置。这就表明，现在的情况，对尼德·兰德执行逃跑计划是十分有利的。

我回到自己的房间，多穿了些衣服，以此保持自己身体的温暖，我坐在自己的房间里，耐心地等待着9点的到来……这时候，只有螺旋桨的声音一直轰轰作响。还有几分钟就要到9点了，我悄悄地来到了客舱，这里的光线十分幽暗，我摸索着来到了旋梯的位置，等待着尼德·兰德发来逃跑的信号。

忽然，来自螺旋桨的震动减小了，继而逐渐消失了。又过了一会儿，我听见船身之上传来了碰撞之声，我忽然意识到，“鹦鹉螺”号停在了大西洋的某处海底之中。

左等右等，始终没有听见尼德·兰德发来的任何信号，我意识到，一定是发生了什么事情，我马上动身去寻找尼德·兰德，正在这个时候，内莫船长推开了客舱的房门，直接朝着我问话。

“啊！阿龙纳斯先生，原来您在这里，”内莫船长和声细语地说，“我正要找您呢！请问您是否了解西班牙的历史呢？”

即便我对西班牙的历史十分了解，在现在这个时候，我的精神高度紧张，也完全不能把精神集中到内莫船长的问话上。在我短暂地定神之后，我告诉内莫船长，自己对西班牙的历史知之甚少。

“阿龙纳斯先生，”内莫船长对我说，“现在，请您跟我来，我要向您讲述一件关于西班牙历史的怪事。”

“究竟是什么事情？”我疑惑地问内莫船长，我心想，这件事情该不会是和我们的逃跑计划有关吧。

“在1702年底的时候，”船长开始兴致勃勃地说起来，“西班牙政府等待着从美洲殖民地过来的庞大运输队，这些船只上面装载着不计其数的金银珠宝。西班牙政府邀请了法国的军队前来护航，另外由荷兰、奥地利和英国组成的联军正与法国和西班牙的船队交战。当时法国护航舰队的总司令是海军上将沙托·雷诺，由他指挥23艘战舰。”

“此次运输船队的终点站是加的斯港。但是，雷诺上将已经得到了可靠消息，英国的舰队就在那个港口附近活动。于是，在雷诺上将的指挥之下，船队来到了西班牙的维哥港。不幸的是，这些船只因故不能立即卸货，运输船队只好在维哥港抛锚待命。与此同时，英国的舰队已经跟踪来到了维哥港，然后向西班牙船队发起了猛烈的攻击。法国战舰损失惨重，眼看处于劣势，雷诺船长下令烧掉了船上的一切物品，并且将船只凿沉，以免大量的财物落入敌方手中。就这样，全部的财宝都随着船只沉入了大西洋的海底。”

内莫船长的话说到这里就停了下来，但是说句实话，我并没有感觉到内莫船长的话对我有什么吸引力。

“请问，内莫船长，接下来又发生了什么事情？”我问道。

“至于接下来嘛，阿龙纳斯先生，”内莫船长说，“接下来，我们就来到了维哥港里，只要教授您愿意，就可以和我一同前往海底，共同揭开这个沉睡在海底的秘密。”

说完，内莫船长站起身来，向我做了一个手势，示意我跟他走。尽管客舱中的光线十分昏暗，但是透过舷窗，我依然可以看见外面的海水闪闪发光。我仔细地观察着外面的海水。

在“鹦鹉螺”号周围半海里半径的水域，都被“鹦鹉螺”号的探照灯照得透亮：海底铺着一层细腻的沙子，颜色虽然淡，但是却能够看得很清楚，有几个穿着潜水服的船员，正在黑漆漆的残骸中耐心地寻找，这些沉在海底的木箱大多已经被海水浸泡得腐烂掉了，从中露出闪闪发光的金银财物，甚至把海底的沙地都铺满了！船员们将寻获的宝物背在身上，返回“鹦鹉螺”号上面，将物品卸下来之后，又重新返回海底继续拾获数不清的财宝。

我马上意识到，眼前我们所在的位置就是1702年发生海战的维哥港，当时西班牙政府苦苦期盼的财宝在这个位置悉数沉没了。现在，内莫船长正在将这些财宝带上“鹦鹉螺”号。

“教授，”内莫船长说，“不仅仅是在维哥港这一个位置，在航海地图上面，我标注了很多的失事地点，现在，您是不是已经明白为什么我如此的富有？”

“我已经明白了，”我回答内莫船长，“不过，内莫船长，请允许我说一句，您从这里打捞上来的这些财宝，恐怕只不过比一个公司早一步罢了。”

“哪个公司？”

“一个经过了西班牙政府特批的打捞公司，据说这个公司的股东们，受到财物的诱惑，每个人都对打捞工作充满了热情，因为这些沉没的财物价值5亿呢！”

“啊？价值5亿……”内莫船长若有所思，“以前的确是，但是现在不是了。”

“的确如此。”我接着内莫船长的话说，“那个打捞公司的股东们，还有希望借此发财的人们的希望恐怕要破灭了。我倒不是为了他们惋惜，我只是在想，要是这些钱都能用到穷苦的人身上该有多好。”

当我说完这些话的时候，就感觉后悔了，我的话可能会伤害到内莫船长。

“阿龙纳斯先生，”内莫船长的情绪看起来变得激动了起来，“您以为我辛辛苦苦地将这些财物打捞上来只是为了自己享用吗？谁告诉您，我没有将这些财物用在正当的途径上呢！您以为我不知道，这个世界上还有千千万万正在受压迫和奴役的人们在等待解救吗？难道您不知道还有很多正义的牺牲者吗？先生，难道您真的不明白吗？”

内莫船长的话陡然停下，他好像突然意识到自己说得太多了，有些懊悔。但是我清楚地意识到，不管内莫船长表面上怎样与世隔绝，在他的内心深处，一定有着火一样的热情，并且充满了对弱者的同情。到了这个时候，我才明白，上次“鹦鹉螺”号中途运出的黄金是给谁的了。

第九章　消失了的大陆

第二天，也就是2月19日早晨，尼德·兰德来到我的房间，我能看得出来，他的神情万分沮丧。

“尼德，昨天晚上我们真的很不走运。”我对他说。

“就是，正在我们计划要逃走的时候，这个古怪的内莫船长却把船停了下来。”

“的确是这样，内莫船长要在他的银行里办点事情。”

尼德·兰德来到我的房间，我能看得出来，他的神情万分沮丧。

"'银行'？这是什么意思？"尼德·兰德好像很迷茫。

"银行嘛，顾名思义就是存钱的地方。内莫船长所有的财产都在那里，而且，他的财产存在大洋里比放在国家的金库里还安全。"

我把昨天晚上在客舱舷窗看见的事情原原本本地告诉了尼德·兰德。事实上，我的心中有一个自私的想法，希望尼德·兰德暂时不要逃离"鹦鹉螺"号。尼德·兰德听了我的话之后，一直在不停地埋怨，恨不得亲自到维哥港的海底去看看。

我对尼德·兰德说："没关系的，这次没能赶上时机逃走，相信下次一定不会错过了，要是有可能的话，就在今天晚上吧……"

我问尼德："你清楚我们现在的航行方向吗？"

尼德·兰德说："我不是很清楚。"

"等中午来临的时候，我们一起去观测一下我们所处的方位吧。"

中午，当"鹦鹉螺"号浮出水面的时候，尼德·兰德已经在甲板上等我了。

我们站在甲板上，向周围望去，一点陆地的影子都看不见了，只有茫茫无尽的海洋。天色灰蒙蒙的，好像一场大雨即将来临。

太阳稍稍露出了头，趁着天气暂时晴朗的时候，大副走到甲板上，测量着太阳高度。只过了短暂的时间，海上的浪花又开始咆哮起来，我们一行人都回到了船内。根据大副的测量结果，现在我们所在位置是南纬32° 22′，距离最近的海岸还有150多海里的距离！

对我而言，当我听到这个消息的时候，并没有感到多大的沮丧和失望，反而有一种如释重负的感觉。起码，我得到了暂时的安宁，能够专心进行海底事业的研究。而当尼德知道这个消息的时候，那种愤怒程度是可想而知的。

晚上11点，内莫船长来到了我的舱房，关切地问我的身体情况，因为前一天晚上我们通宵未眠。我告诉内莫船长“感觉还行”。

“既然这样，教授是否愿意再陪同我进行一次有意思的实验呢？”内莫船长再次向我发出了邀请。

“内莫船长，您说吧。”

“以前，我邀请您进行海底参观的时候，都是在白天，我们接下来的旅行将在黑夜进行。”

“好的，内莫船长，我很愿意和您一同前往。”

内莫船长又接着说：“阿龙纳斯先生，我要事先提醒您一下，我们接下来将要进行的旅行会非常疲劳，要走很远的路，还要经过高山，途经的道路也是崎岖不平的！”

“内莫船长，您的话更是加重了我的好奇心，不碍事，我很愿意和您一同前往。”

“好的，”内莫船长微笑着说，“我们一起去，走吧，先去穿潜水服。”

在更衣室中，只有我和内莫船长两个人，并没有其他随行的船员，内莫船长也并未向我提议请孔塞伊和尼德·兰德一同前往。

我们穿好了潜水服，带上了必要的用具，但是却没有带照明工具，我提醒内莫船长我们的疏忽。

“事实上，阿龙纳斯先生，”内莫船长说，“电灯对于我们来说没有任何的用处。”

我被内莫船长的话弄懵了，难道内莫船长没有听明白我的话？

我尝试着再次重复自己的话，此时，内莫船长已经把头装进了金属球中，我也急忙戴上这个金属球，拿了一根铁棒，我们又进行了一系列进入海水之前的准备工作，接着就踏进了300米深的大西洋海底了。

这时候，已经临近午夜了，海底沉浸在一片宁静的黑色中。内莫船长指着远处的一个红点，这个红点，距离“鹦鹉螺”号只有不到2海里的距离。这个红点是什么？支撑它发出光芒的力量又是什么？它为什么能够在如此之深的海底发出光芒呢？这些问题的答案我都说不上来，尽管眼前的光线十分模糊，但是毕竟有一定的光亮起到了照明的作用，我多少还能看清楚周围的事物。经过一段时间的适应后，我的眼睛已经能够适应深夜海底的光线了。

我们在不断前进，地势也开始慢慢升高。我和内莫船长紧紧地挨在一起，向着红点的方向前进，路途中，有很多的石块，还有水母和一些甲壳类，以及能发光的动植物。海藻覆盖路面，很容易滑倒，让我们前进的路途显得有些艰难，幸亏有铁棒的帮助，不然我们肯定连连摔跤！我偶尔回望一下“鹦鹉螺”号的方向，探照灯的光芒已经越来越模糊了。

眼前，指引我们前进的正是那个越来越亮的红点，现在它已经变成了一片光芒，把整个海底世界都照耀成了一片红色。前面的发光体在水底，这究竟是怎么回事？我愈发觉得奇怪了。另外，我也明白内莫船长为什么不带照明灯了。

内莫船长在我面前，他在不断地前进，内莫船长好像是这里的常客，他走得十分自如，仿佛熟悉这里的每一条道路。有内莫船长的带领，在这里我们不可能迷路，我紧紧跟在内莫船长的后面，信心十足，我们经过的道路上长满了海藻，还有成群结队的鱼虾在海底爬来

我们在不断前进，地势也开始慢慢升高。我和内莫船长紧紧地挨在一起，向着红点的方向前进，

爬去。

有时候我们还要跨越横躺着的海洋植物，这时候，难免会碰到缠绕摇摆着的藤蔓枝条，就会有无数受到惊吓的鱼类猛然间迅速逃窜，这些小插曲让我对这次海底旅行兴趣倍增，一点儿都感觉不到疲劳。

内莫船长不停地向前走着，将海水划开一道道裂痕，我们穿越了很多大大小小的裂口，这些裂口是由众多的岩石相互支撑构成的，形成了一道道天然的墙垣。海底的路是崎岖不平的，我们身上还有笨重的潜水服，不过还好可以借助水的浮力，所以我们不会感觉到太吃力，相反，我还有一种很轻松的感觉。

现在距离我们离开“鹦鹉螺”号大概有两个小时的时间了，有一座高峰耸立在我和内莫船长面前。我们爬到这座高峰的第一处高地上，在这里，有很多稀奇古怪的事物让我们大开眼界：这里好像是一大片废墟，尽管一些事物看起来模糊不清，但是还是有一些轮廓能让我辨认清楚：这里有城堡、寺庙等等建筑，它们的表面都覆盖着一层柔软的海藻。显而易见，这些东西并非是以大自然之力造就的，而是人工形成的。

在这里，地球上的一部分文明已经被大自然诡谲的力量彻底地摧毁了。现在，有很多的疑问出现在我的面前：这里究竟是什么地方？究竟是什么力量让眼前这些建筑像巨石群一般永远地沉睡在海底？接下来一向充满了丰富想象力的内莫船长，究竟会将我带到什么地方去呢？

尽管我满脑子都是疑虑，但是前进的路还在继续，我们向着山顶的方向进发。到达山顶时，我们向着周围望去，可以一直看见很远的地方。啊！我再仔细一看，眼前竟是一座火山，宽大的火山口正在喷吐着熔岩，熔岩巨流不断地奔腾着，一些石块和熔岩的渣滓正如雨点一般散落下来。当这些鲜红色的热流和海水相接触的时候，熔岩在一瞬间就将海水汽化，强大的汽流和海水混合在一起，就快将眼前的一切都吞噬掉了。由熔岩组成的火一般的瀑布照亮了我们周围的海底世界。

其实，在我们面前的是一座已经荒废的海底城市，那里有坍塌的屋宇、寺庙和拱门，还有横卧在这些建筑上面的破损的石柱，在靠后面一点儿的位置，是一些水利工程的残基和街道，另外，还有一些堆砌起来的石块，高出了街道，像是一个海港。摆在我们面前的，难道是第二个庞贝古城吗？

我们现在究竟在什么地方？无论如何，我都要知道这个问题的答案。我想向内莫船长问清楚这一切，于是我伸手想把头上的巨大金属球摘下来。内莫船长看见了我的举动，快速地走到了我面前，阻止了我疯狂的行为。他从海底捡起一块白垩土，在黑色的岩石上写下：大西洋洲。

我惊愕住了，啊！我恍然大悟！从古希腊时期开始，人们就一直在对这块陆地、这个洲的存在与否争论不休。眼前，这些实实在在的证据无声但是有力地向我们证明，这块陆地、这个洲的确存在！在这块陆地上，曾经生活着强大的大西洋洲种族，柏拉图曾经在自己的著作中提到，大西洋洲的居民曾经与古希腊之间进行过战争。但是，后来，大西洋洲经历了一场惊天动地的灾祸，这片陆地，在一夜之间从地球上消失得无影无踪！

这个时候，我回忆着以前的种种，思绪开始飘飞，内莫船长则看着眼前一块长满了苔藓的石碑出神。内莫船长是在缅怀那些逝去的人们吗？还是他正在向他们打探什么秘密？内莫船长不愿意过现代人的生活，所以来到这个地方，来抒发自己的远古之思吗？

我们站在原地整整一个小时的时间，月光投射了进来，在这块沉没的大陆上留下淡淡的印迹，这淡淡的月光，将这里的气氛烘托得难以形容。

内莫船长最后望了一眼这海底平原，向我挥挥手，我们踏上了返回的行程。

当我们回到“鹦鹉螺”号的时候，清晨已经悄悄地来临了，第一缕曙光照射在水面上，这种场景温馨而又美好……

第十章　海底煤矿

第二天，2月20日，我很晚才从睡梦中清醒过来。由于昨天晚上整晚都在和内莫船长进行海底旅行，睁开眼睛的时候已经是中午11点多了。现在我最想知道的就是“鹦鹉螺”号的航向，我来到仪表盘前，船依然向南方行驶，时速20海里，我们正在水下100米深的位置。

孔塞伊走进我的房间，我和孔塞伊详细讲述了昨天晚上的海底旅行。正在这时候，舷窗的盖板打开了，孔塞伊正好能够隐隐约约地看见那个消失大陆的一角。我们走出舱房，去观赏舷窗外的美景。

“鹦鹉螺”号在大西洋洲平原上部的水域行驶，距离地面仅仅有10米的距离。一系列的景物在我们面前掠过，首先出现的是形状怪异的岩石群，接着出现的是连续不断的动植物，海底森林也一直延伸到无穷远，因为波浪不停地起伏，这些事物的影子也顺着水流不停摇摆，就好像无数张做着怪异表情的脸。

随后，我们又看见了熔岩群，这些熔岩群弯弯曲曲，通过这些熔岩，我们能够想象出当年火山爆发时候的恢弘场面！

我们一边观看沿途的景物，我一边给孔塞伊讲述大西洋洲人的历史，我还给他讲述了大西洋洲英雄人物的事迹，但是，孔塞伊却好像心不在焉。显然，令孔塞伊产生兴趣的是窗外那些五彩斑斓的鱼类。既然这样，我索性也不去细说那些历史，转而和孔塞伊一起研究眼前的鱼类。

到下午的时候，我们眼前的景色发生了彻底的改变：泥土层变得越来越薄，石块变得多起来，变质岩、玄武岩，熔岩等等，东一堆西一堆地遍地散开。我猜想，我们是不是就快来到一个山区了。过了一会儿，南方的地平线附近，有一些高墙出现，墙顶露在水面之上。我想那一定是大陆吧，至少应该是一个大岛，可能是加那利群岛中的一个，又或者是佛得角其中的一个岛屿。我不知道现在“鹦鹉螺”号的位置，我想我们已经到了大西洋的边缘了吧。

天黑了，孔塞伊回到自己的舱房中，我一个人留在窗边继续观察。欣赏着海和天空相交汇处的美景，一直舍不得离去。

随着“鹦鹉螺”号的向前行驶，我们已经来到刚才那堵高墙下面，而且已经与之垂直了。

现在，船开始减速行驶，我也回到了自己的舱房休息。睡觉之前，我告诉自己，只睡几个小时。但是等我第二天睡醒的时候，已经是早上8点多了，从压力表的示数来看，我们正在洋面上行驶，并且，平台上好像有人在走动。

我也走上平台，以为现在应该是白天，但是四周却是一片漆黑。难道是我弄错了时间？应该没有这个可能吧？而且，即便现在是黑夜，也不应该黑成现在这样！这是哪里？

正在我游移不定的时候，一个人对我说："阿龙纳斯先生，是您吗？"

"是的，内莫船长！"我急忙回答，"我们现在在哪里？"

"教授，现在我们正在地底下！"

"在地底下？"我惊叫起来，"但是'鹦鹉螺'号为什么还可以航行呢？"

"是的，'鹦鹉螺'号从来没有停下来过。"

"我不明白！"

"教授，您稍等一下，探照灯马上就亮起来了，要是您习惯将事情都调查清楚，我想您一定不会失望的！"

内莫船长刚说完，探照灯果真马上就亮了起来，照得我眼睛一阵刺痛，我闭上了眼睛，一会儿又试着慢慢睁开。定睛观察，"鹦鹉螺"号现在正在靠近陆地的水域停了下来。现在，在浮起"鹦鹉螺"号的海面上，出现了很多高墙围成的圆形湖，大概长2海里，周长6海里。根据压力表显示，这里的水平面与外海的水平面是相同的，据此可以推断，这个湖一定是和大海相连接的。

事实上，所谓的高墙，不过是岩壁，大概有500多米那么高，岩壁底部都是向着中央倾斜的，到了上部，形成了一个圆顶，顶部还有一个圆孔，所以，它看起来很像是一个倒过来的漏斗，一缕微光从白昼的世界照耀进来。

我不知道眼前的景致是天然形成的还是人为创造的，于是，我向内莫船长提问道：“内莫船长，我们现在究竟在什么地方呢？”

“我们现在正在一座死火山的内部，”内莫船长告诉我，“因为地震等原因，这里有海水渗了进来，昨天晚上，当您入睡之后，‘鹦鹉螺’号沿着一条天然水道进入了这个咸水湖中，水道大约在海平面20米以下，很安全，还可以躲避来自各个方向的风。”

我问道：“内莫船长，您在这里确实很安全。谁又能追您追到一座火山的中心呢？不过，山顶上是不是有一个口啊？”

“阿龙纳斯先生，那是一个火山口，是从前火山喷发出熔岩、烟雾和火焰的通道，现在，这个口又成为了提供新鲜空气的通道了。”

“内莫船长，您无论在何时何地都善于利用大自然，这个湖很安全，除了您，我想再也没有人能进来了。但是，内莫船长，这个避风港对您有什么用呢？‘鹦鹉螺’号并不需要港口。”

“是的，‘鹦鹉螺’号并不需要港口，但是它需要电力驱动，需要燃料发电，电力主要来自钠原料，钠来自煤，我们为了得到煤，就必须寻找煤矿。而正是在这个地方，存在着数不清的远古时代的森林，它们被沙土掩埋，现在已经矿化，形成了一座取之不尽的煤矿了。”

“哦！这么说来，您的船员就要当矿工了！”

“没错！教授，正是因为有这个海底煤矿，我们就不用到陆地上去要煤，并且，我在用煤炼制钠的时候，形成的烟正好可以从这个口出去，外面的人看来，还以为这是一个活火山呢！”

“内莫船长，我能否有幸参观一下您是如何在海底开采煤矿的呢？”

“恐怕不行，至少这次不行，因为我们海底旅行的日程很紧张，我们要继续赶路，事实上，我们这次来到这里，只是将库存的钠原料运送到船上，计划只用一天的时间。但是，教授先生，您还是可以在岩洞里面走走，看看这个湖泊，请您好好利用这一天的时间吧！”

我向船长表达了谢意，我马上到孔塞伊和尼德·兰德的房间去叫他们，现在这个时间，他们还没有起床呢！我们一起来到平台上，孔塞伊本来就对什么事情都不在乎，他四下看了看，这一晚上，他并没有什么特别的感觉，只是觉得如同往常一般，在水下睡了一觉，醒了之后来到山的内部，并没有什么特别之处。

但是，尼德·兰德似乎对这一件事情格外关心：这个岩洞有没有出口？

“哈哈！我们又一次登陆了！”孔塞伊的心情好像很不错。

“恕我冒昧，我并不想称这个地方为‘陆地’，”尼德·兰德说，“而且，现在我们并不是在陆地上面，而是在下面。”

在崖壁和湖水之间还存在着一条沙岸，它最宽的地方有150米，假如想沿着沙堤绕湖行走，并不是一件困难的事情，挨着崖壁的一边，看起来十分复杂，道路都是崎岖不平的。路上长满了长石和石英石，很容易滑倒。

“我们可以做一个这样的想象，”我说，“当这个大漏斗里面充满沸腾的熔岩，炽热的熔岩流就会不断地升高，直到从山顶的洞口喷涌出来，就像化铁炉中的铁水一样，那将是什么样的景象？”

孔塞伊说：“没错，先生，我完全能够想象您说的那种宏大的场面！但是，先生，您是否能够告诉我，这个伟大的铁匠为什么会停止自己的工作，甚至连熔炉也变成了一弯安静的湖水呢？”

“很有可能是由于大洋底部的地形变化造成的，大西洋的海水便涌进了火山的内部，水和火这两个势不两立的元素在这里进行了斗争，最终还是海水取得了最后的胜利，这样就形成了‘鹦鹉螺’号通过的通道。又不知经过了多少时间，一直沉没在水底的火山变成了宁静的岩洞。”

“非常好，”尼德·兰德也发表了自己的看法，“我能够接受这种解释，只是，从我的利益角度出发，我很气愤，这个通道的开口为什么不在海平面上。”

“尼德朋友，”孔塞伊接着尼德·兰德的话说，“要是这个开口没在地下的话，‘鹦鹉螺’号也就进不来了！”

我们继续向前走着，越是往前走，能容我们通过的道路就越是狭窄。有时候，会有一些很深的空洞阻断我们前进的路，逼着我们从上空越过去；还有被大石头挡住去路的情况，我们只能另外选择道路迂回过去。这一路上，幸亏有孔塞伊的灵巧和尼德·兰德的力气，一切的困难都被我们克服了。

大约到了75米的高度时，我们再也不能向上攀爬了，有一道无法逾越的障碍摆在我们面前。在山腰这边，植物和岩石不停地做着斗争，从山腰的凹凸处伸展出的小枝桠，都长成了枝繁叶茂的大树。在这个地方，我发现了一种花，看起来非常的娇小可怜，花瓣已经褪色了，整朵花都无精打采地下垂着，香味也已经逸散殆尽了。这种花的名字叫作向日花，但事实上，阳光根本照不到它，真是名不副实啊！芦荟和野菊花之类的植物东一簇西一簇地生长着，看起来都是病恹恹的，生长情况并不好。倒是在熔岩流经的夹缝中生长的紫罗兰在不断地散发出一阵阵的香气。香味是花的精魂，而海洋中的花儿，还有绚丽的小草，尽管色彩夺目，却没有香气溢出。

我们走着，又看见前面有一棵龙血树，生长得很是旺盛，已经形成了灌木丛。这时候，在一旁的尼德·兰德叫喊了起来："嗨！教授先生，您快来看，这里有一个蜂窝！"

"蜂窝？"我有些疑惑，同时做了一个不相信的手势。

"没错，就是一个蜂窝！"尼德·兰德又说了一遍，"还有好多蜜蜂在上面飞舞呢！"

我加快脚步走了上去，尼德·兰德果然没有说谎。在龙血树的树干中央有一个孔穴，数以千计的蜜蜂正在忙碌着爬进爬出。这种现象要是出现在加那利群岛的话就不足为奇了，在那里生产的蜂蜜，被人们视为美食。

尼德·兰德要采蜂蜜，我当然不好反对，不然的话就显得有些不近人情了。尼德把干草和硫磺混合在一起扎成了一个草把，接着用打火机点燃，用烟将蜜蜂从窝中熏出去，等到蜜蜂都飞走了，再把香甜的蜂蜜从窝里挖出来，足足有好几公斤呢。尼德·兰德把采集到的蜂蜜都放进了随身携带的背囊中。

"我要用面包树的粉加上蜂蜜做成香甜的蛋糕，到时候请你们品尝！"尼德·兰德高兴地说。

"非常好！"孔塞伊接着说，"我想那一定又香又甜！"

"我们还是先收起那些又香又甜的面包吧，"我向他们建议道，"眼下我们最要紧的是赶路，抓紧时间，完成这次有趣的旅行吧！"

在某一个拐弯处，在探照灯的照耀下，火山湖的全貌呈现在了我们的面前：整个湖面看起来波澜不惊，十分宁静，一点波纹都没有。“鹦鹉螺”号就停在那里，平台上和湖岸之间有人影闪动，好像在不停地忙碌着，一派繁荣的景象。

我们三个人来到岩石的顶端，正是这些岩石托起了圆顶的洞孔。有一些鹞鹰从搭建在悬崖上的巢里飞出来，不停地在上空盘旋。又肥又美的大鸨在岩石上面快速地走着。这一切，在喜欢肉食的尼德·兰德眼中，都充满了诱惑。尼德·兰德很后悔没有带猎枪出来，他从脚下捡起来几块石头当作子弹，朝着空中投射，但是投了几次都没有成功，尽管如此，尼德·兰德却一直没有放弃，最后居然投中了一只大鸨，尼德凭借自己的力量和智慧，终于将这只大鸨收进了自己的背囊。

现在，在我们的上方，火山口就像一个巨大的井一样展示在我们面前，有一团洁白的云彩在西风的吹拂之下来到了山峦之间，形成了很多丝状的云雾。

我们开始向着下山的路走去，在尼德·兰德打到大鸨的半个小时之后，我们重新回到了湖岸的沙滩上。在这附近有一个巨大的岩洞，我们走入洞中，洞底有一层柔软的细沙，我们躺在洞中，望着天空，开始聊起天来。我们谈论的还是尼德·兰德的逃跑计划，聊着聊着，一个小时就过去了，这时候，大家的睡意都上来了，就在洞中睡着了。

“大事不好了！大事不好了！”孔塞伊的叫声将我从梦中惊醒。

“怎么了，孔塞伊？”我问他。

“先生，您快来看，海水正向我们所在的洞中涌来！”孔塞伊的眼中充满了恐惧。

我们既然不是软体动物，就只能是三十六计走为上了。几分钟之后，我们来到岩洞顶上，才得以脱险。

“这是怎么回事？”孔塞伊说道，“难道又有新情况了吗？”

“不，孔塞伊，”我回答他的话，“那是潮水，现在是大西洋的涨潮时间，因为这里是和外面的海水相连接的，所以当外海开始涨潮的时候，这里也会有涨潮的情况出现！”

“哦！先生，我明白了！”孔塞伊恍然大悟。

“好了，我们先回船上把衣服换了吧，看，我们的衣服都湿了。”我说。

回到船上的时候，船员们也已经将库存的钠原料都装上了船，“鹦鹉螺”号又可以全速前进了！

第二天，“鹦鹉螺”号离开了这个只属于它自己的港口，在广阔的大西洋水域中，继续前进。

第十一章 马尾藻海

“鹦鹉螺”号行驶的方向并未改变，重新回到欧洲海岸去的希望暂时要抛弃了。内摩船长仍是把船头指向南方。他带我们到哪里去？我不敢设想。

这一天，“鹦鹉螺”号走过了大西洋很新奇的海面。大家都知道大西洋中有股巨大的暖流存在。暖流从佛罗里达湾出来，向斯勃齐堡湾流去。这股暖流有一小股暖流像一条项链，在大西洋上圈出了这片海域。这片海域非常平静，无风无浪，被称为马尾藻海。马尾藻海像是大西洋上的一个美丽的湖泊，又像一片安静的草原。传说有船队误入这里，最后花了三个星期才从这里逃出去。为了不重蹈覆辙，“鹦鹉螺”号始终在海面下几米深的地方行驶。

2月22日整天，船都在萨尔加斯海中行驶，喜欢吃海产植物和介壳类的鱼类，在这里可以找到丰富的食粮。第二天，大西洋又恢复经常看见的面貌了。

自此以后，从2月23日至3月12日十九天中，“鹦鹉螺”号在大西洋中间，带着我们走的经常速度为每二十四小时，一百里。内摩船长很显然要完成他海底周游的计。

所以尼德·兰德的担忧是有道理的。在这些海面上，没有岛屿，逃走的企图是不用再想了。要反对内摩船长的意志，更没有什么方法；唯一的办法就是服从。这次旅行结束后，内摩船长有我们发誓不泄露他的生活秘密的保证，难道还不让我们自由吗?

在这十九天期间，我们旅行中没有发生什么特别意外事件。我很少看见船长。他工作忙。在图书室里面，我时常看见有些书，特别是生物科学的书，他翻开摆在那里。我的关于海底秘密的著作，他翻阅了，在书边上写满批注，有时驳斥我的理论和我的系统。但船长仅只是这样清除我书中的不正确部分，他很少跟我讨论某些问题。有时，我听到大风琴发出抑郁沉闷的声调，他弹奏时，富有表情，不过他单在夜间弹奏，在最秘密的黑暗中间，当“鹦鹉螺”号沉睡在荒漠的海洋中间的时候。

在这部分的旅行中，我们整天在水面上航行。海上只有几艘帆船，一天，我们被一只捕鲸船的小艇追逐，他们一定认为我们的船是价值巨大的鲸鱼。但内摩船长不愿使那些勇敢的打鱼人白费时间和气力，他叫船潜入水中，结束了他们的追逐。这个意外事件使尼德·兰德发生了浓厚兴趣。我想，他对我们这条钢板鲸鱼没有被打鱼人的鱼叉叉死，心中一定觉得很可惜。

孔塞伊和我在这个期间所观察到的鱼类，跟我们在别的纬度下研究过的，并没有多大差别，主要是那种可怕的软骨鱼属中的一些鱼。这次鱼类观察终于结束，孔塞伊把一大群飞鱼加以分类。看海猪猎取这些飞鱼，十分准确，再没有更新奇的了。不管它飞走的路程远近，不管它飞出的曲线多高，不幸的飞鱼老是碰到海豚的张开的嘴，把它迎接过去。

一直到3月6日，我们的船都在这种情形下继续行驶。13日那一天，用“鹦鹉螺”号来作探测海底的试验，这使我十分感兴趣。

我们从太平洋的远洋中出发以来，差不多已经走了一百三千里，内摩船长曾投下一万四千米长的探测器，但没有达到海底。内摩船长决定送他的船到最深的海底，我准备把这次试验所得的结果完全记录下来。客厅的嵌板都打开了，船开始潜水下降的动作，要一直抵达最深的水层。

在强大力量的推送下，“鹦鹉螺”号船壳像一根咚咚震响的绳索一样，全部抖动，很规律地潜入水中。不久就超过了大部分鱼类可以生活居住的水层。

我的眼光盯在压力表上面。表指六千米的深处。我们下沉开始以来有一小时了。“鹦鹉螺”号跟它的纵斜机板溜下去，老是往下沉。汪洋无物的海水显得十分透明；这种透亮性简直无法形容。

“多么新奇的地方，太不可思议了！”我喊道，内摩船长问我：“您这话的意思是什么呢？”“在这海底深处，拍照是再没有更容易的了！”我简直来不及向他表示这新提议使我发生的惊奇，由于内摩船长的吩咐，立即有一架照相机拿到厅中来。从敞开的嵌板望去，海水周围受电光照耀，显得非常清楚。照相机于是对准海洋底下的风景拍摄，没有几秒钟，我们就得到了极端清楚的底版。人们在照片上看到那些从来没有受过天上照来的光线的原始基本岩石，那些形成地球的坚强基础的底层花岗石，那些在大石堆中空出来的深幽岩洞，那些清楚得无可比拟的侧影，它们的轮廓作黑色的线条，像画家的画笔所绘出来的一样。

到了一万四千米的时候，我看见带黑色的尖顶从海水中间露出来。不过这些尖顶可能是属于跟喜马拉雅山或白山一样高或更高的山的峰顶，下面的深渊还是深不可测。

“鹦鹉螺”号虽然受到强大压力，但仍然继续下降。我感觉它的钢板都在颤动。

内摩船长照完了相，对我说：

“教授，我们上去吧。不要过久地停留在这个地方，也不要让“鹦鹉螺”号过久地顶住这样的压力。”

“我们上去。”我回答。

船上的推进器，由于船长发的信号，跟发动机连结起来，它的纵斜机板垂直地竖立起来，“鹦鹉螺”号就像气球飞在空中一样，闪电般的迅速上升。它分开海水，发出响亮的颤声。所有详细情景都不可能看见。“鹦鹉螺”号像飞鱼一样，跳出水面，它把海水拍打得飞溅到惊人的高度，随后又落到水面上来。

第十二章　抹香鲸和南极鲸

3月13日夜里，内莫船长终于把航线指向了南方。开始的时候，我以为“鹦鹉螺”号到了与合恩角平行的纬度上时，船头有可能向西方调转，那时候，内莫船长将会带我们进入太平洋，继而完成环球航行的壮举。

但是，事实的情况和我预想的并不一样，“鹦鹉螺”号其实一直在向着南极洲的方向驶去。内莫船长究竟要带我们到哪里去，驶去南极吗？那样无异于发疯！尼德·兰德对内莫船长的各种行为一直抱有戒心，现在看来，尼德的想法还是有些道理的。

这几天以来，尼德·兰德不再向我提及他的逃跑计划，同时，他也不再像以前那样健谈了，他开始变得少言寡语，几乎整天都沉默着。我能看得出来，这种不断延长的囚禁生活让这个充满生机的鱼叉手郁闷不已，愤怒的感觉逐渐在他的心中累积。每当尼德·兰德看见内莫船长的时候，眼睛里总是燃烧着一股仇恨的火焰，我真的很为尼德·兰德担心，我怕这种仇恨，最终会将尼德·兰德引向可怕的深渊。

3月14日这一天，他和孔塞伊来到我房中来，我问他们来看我的理由。

“您估计，‘鹦鹉螺’号上有多少人？”

“我可估计不出来，我的朋友。”

“我觉得，“尼德·兰德立即说，“这船的驾驶并不需要很多的人员。”

“是的，“我回答，”在目前的情况中，大约至多有十个人就足以驾驶了。”

我眼光盯着尼德·兰德，他的意图很容易了解。

孔塞伊说，“不过‘鹦鹉螺’号只能收容一定数目的人，先生可以估计一下它的最大数目吗？”

“孔塞伊，你这话怎么说？” “就是用算法来估计。根据先生所知道的这船的容积。可以知道它含有多少空气，另一方面又知道每个人的呼吸作用所消费的空气，将这些结果跟‘鹦鹉螺’号每二十四小时必须浮上水面来调换空气相比较……”

孔塞伊没有把话说完，但我很明白他指的是什么。

“我了解你的意思，”我说，“并且这种计算也很容易做到，然而那只是一个很不确实的数字。”

“那没关系。”尼德·兰德坚持着又说。

我用笔在纸上非常快速地计算了起来，并给出了一个答案：‘鹦鹉螺’号所含有的空气量可以供应六百二十五人在二十四小时内呼吸之用。”

“六百二十五人！尼德·兰德惊讶地说。

“这对于我们三个人来说，还是太多了！”孔塞伊低声说。

“可怜的尼德，所以我只能劝您忍耐了。”

“比忍耐还要进一步，”孔塞伊回答，“只能听天由命了”

“不管怎么说，”我又说道“内摩艇长也不可能总是往南走！他总有要停止的时候，就是到了冰山面前也罢！他总要回到有人居住、有文化的海中来！那时候，就可能有机会执行尼德·兰德的计划了。”

尼德·兰德摇摇头，没有说话就走开了。

很显然，船上生活的单调，对于习惯自由和积极生活的加拿大人来说，是不可忍受的。海上的事件能使他高兴的事情太少了。可是，有一天，一件偶然的意外使他重温了一下他从前当鱼叉手时的美好时光。

早上十一点左右，‘鹦鹉螺’号在海面上遭遇了一群鲸鱼的攻击，我知道这些鲸鱼是受人类过度的追杀，才躲到两极边缘、高纬度的海域来的。

尼德·兰德发现东边地平线那边有一头鲸鱼，它的灰黑色的脊背在距离‘鹦鹉螺’号五海里的海面上，不停地浮起来、沉下去。

尼德·兰德喊道：“如果我是在一般捕鲸船上，那真是一件最痛快的遭遇了！那是一条身躯巨大的鲸鱼！请看它的鼻孔有多大的气力，喷出了混有气体的水柱！真可恨！我为什么被绑在这块钢板上呢！”

“怎么，尼德，”我对他说，“还没有忘记您打鲸鱼的老行当吗？”

“先生，一个捕鲸手能忘记他从前的手艺吗？他能够厌倦这种捕捉所引起的激动吗？”

“尼德，您从没有在这一带海中打过鲸鱼吗？”

“从没有，先生。我只在北极海中打鲸鱼。”

我给他解释鲸鱼的生活习性，讲解不同的鲸鱼的生活区域是不一样的。但是他完全听不进去，眼睛一直盯着那只大鲸鱼。

“快看！快看！”尼德·兰德激动地喊到，它游过来了！它靠近了！它在向我们示威，它知道我们不能把它怎么样！”尼德急得直跺脚，手高高举着，好像手里拿着钢叉，随时都会向鲸鱼抛出去。

“啊！”他突然大声喊道，“不是一条，是十条、二十条，是一大群。我现在好像是一个废人，什么都干不了！”

“您为什么不是去问问船长，看他能否允许您去捕鲸呢？”孔塞伊说。

没等孔塞伊把话说完，他就迫不及待地跑去找艇长了。一会儿，他同内摩船长一起走了过来。

“这都是南极鲸，捕鲸船队如果遇到，一定会发大财的。”内摩船长说。

“先生，为了不让我忘记自己曾经是一个捕鲸手，让我去捕捉它们吧。”尼德肯求道。

“为捕杀而捕杀有什么意义吗？这是一件多么残酷无情的消遣方式，应该受到谴责。正因为这种行为，导致鲸鱼越来越少，频临绝迹。您就当发发善心，让这些可怜的鲸鱼好好的活着吧。即使没有您，它们也有自己的天敌要对付。”

尼德·兰德听了船长的话，脸么很难看，船长的话非常有道理。

内摩船长一边观察那群鲸鱼，一边对我说：“除了人类，它们还有很多天敌，您发现没有，远处有一些黑点在动。那是一些抹香鲸，是一些可怕的家伙，对它们倒时可以捕杀。”

尼德·兰德听了船长的话，立刻来了精神，但听到内摩船长说要用“鹦鹉螺”号钢铁冲角，他不以为然的耸了耸肩。

“一会儿，我要让您们见识一下一场从未见过的战斗，看看我们是怎样对付那些穷凶极恶的坏家伙的。”

当“鹦鹉螺”号驶到的时候，抹香鲸和南极鲸已经开始战斗了。“鹦鹉螺”号的动作是要把这群大头怪物拦住。最初，这些怪物看见这只新奇东西参加战斗，并不激动，跟平常一样。但不久它们就不得不防备它的攻击了。

好一场恶斗！就是尼德·兰德也兴高采烈起来，终于大拍其掌。“鹦鹉螺”号变成了一支厉害的鱼叉，由船长的手来挥动。投向那些肉团，一直穿过去，穿过之后，留下那怪物的两半片蠕动的身躯。抹香鲸厉害的尾巴扑打船的侧边，它一点也不觉得。打死了一条大鲸，它又跑去打另一条，不肯放走它的猎物。它向前、向后，完全听掌舵人的指挥；鲸沉入深的水层，它就潜下去追，鲸浮到水面来，它也跟着上来，或正面打，或侧面刺，或切割，或撕裂，四面八方，纵横上下，就用它那可怕的冲角乱刺乱戳。

好一场屠杀，这些被吓得晕头转向的抹香鲸发出尖锐的叫啸，安静的水层，被它们的尾巴搅成汹涌的波浪。

这种屠杀一直持续了一小时，那些抹香鲸是不可能躲开的。有好几次，有十条或十二条一齐连合起来，想用它们的工量来压扁“鹦鹉螺”号。从玻璃上，我们看到它们排列着牙齿的大嘴，可怕的眼睛。尼德·兰德简直压制不住自己了，挥动着拳头威吓它们。有时候，我们觉得它们抓住了我们的船，就像在短树丛下狗咬住小猪的耳朵，死也不放。“鹦鹉螺”号催动它的推进器，战胜它们，拖拉它们，或把它们带到海水上层来，不顾它们的巨大重量，不管它们的强大压力。

最后，剩下的抹香鲸一哄而散了，海水又变为了平静。潜水艇浮出水面，嵌板打开，我们立即跑上平台。

海上满浮着稀烂的尸体。就是一次猛烈的爆炸恐怕也不可能更厉害地把这些巨大肉团分开、撕破、碎裂。内摩船长也来到我们所在的平台上。

他说："兰德师傅，怎样？"

"先生，太棒了！"尼德回答，"那是厉害得怕人的景象。不过我不是屠夫，我是打鱼人，这景象不过是一次大屠杀罢了。"

"这是一次对有害动物的屠杀，"内摩船长回答，"'鹦鹉螺'号并不是一把屠刀。"

"我还是喜欢用我的捕鲸叉。"尼德立即说。

"各人有各人的武器。"船长回答道，同时眼睛盯着尼德·兰德。

我很但心尼德·兰德不能克制自己，做出激烈的行动。但他看到了"鹦鹉螺"号这时正要靠近一条鲸鱼，他的注意力一下就转移过去了。

这条鲸鱼没有能逃脱抹香鲸的牙齿，肚子上满是咬破的伤口，已经重伤死去了。内摩船长把"鹦鹉螺"号开到这条鲸鱼的尸体旁边，船上的两个人员走到鲸鱼身上，他们把鲸鱼奶头中藏的奶取出来，足足有两三桶。我非常吃惊。

船长把一怀还带热气的鲸奶送给我，他向我保证这奶的味道很好，跟牛奶一样，营养价值非常高。

我尝了这奶，我的意见跟他的一样。所以这奶对我们来说是很有用的、可以保藏的食品，因为这奶可以制成咸黄油或奶酪，在我们日常食品中是很好吃的一种。

从这一天起，尼德. 兰对于内摩船长的态度愈来愈坏了，我决心要密切的关注加拿大人的行动。

这一天，尼德·兰德找到了我，并对我说：“阿龙纳斯先生，我想，内莫船长不可能一直让‘鹦鹉螺’号向南行驶，总有返回的时候，现在我们可能已经快要抵达冰山的边缘了吧。内莫船长总会将船开向文明开化的海洋吧，到了那个时候，就是我们实施逃跑计划的最佳时机了。”

说完这段话，尼德·兰德挥了挥手，又拍了一下自己的额头，不等我回答就径自离开了我的舱房。

第十三章 大冰山

内莫船长依旧固执地将“鹦鹉螺”号向南开去，并且还在加速度前进。仪表显示，现在“鹦鹉螺”号正沿着南纬50° 向着南极圈驶去。难道内莫船长真的要带我们去南极吗？我真的不敢进行这样的假设，毕竟截止到目前为止，并没有一个人曾经踏上过南极和北极这两块不毛之地。曾经很多勇敢的人都做了各种尝试，想要来到南北极，但是他们的最终结局都是失败的。再者说，现在来到南极，在季节上也不是很合适，南半球的3月13日和北半球的9月13日是一样的，现在南极已经开始进入秋天了，温度正一天低过一天。

3月14日，“鹦鹉螺”号已经来到了南纬55° ，在我们前进的路线中，开始有浮冰出现了，尽管它们的体积并不是很大。对于尼德·兰德这种曾经在北冰洋捕过鱼的出色鱼叉手来说，这种景象再常见不过了，但是对于我和孔塞伊来说，这种浮冰让我们感到兴奋不已。

“鹦鹉螺”号越是向南行驶，海面上浮冰的体积就变得越大，雪白的冰块随着雨雾颜色的变化而变化着，看起来十分神秘、变化莫测。有的冰块上还会出现一些绿色的条状脉络，看起来就像是有硫酸铜从上面划过而留下的条条波浪线；有时候，冰块看起来就像巨大的紫水晶矿石，当太阳光投射进去的时候，可以反射出它们的切面，真是熠熠生辉。

我们的旅行还在继续，渐次出现在我们眼中的冰块已经逐渐变成了冰岛，渐渐地，冰岛又变成了冰山，而且越向南方行驶，数量就变得越多。在这里，有成千上万的南极鸟类筑巢，唧唧喳喳的叫声震耳欲聋，还有的鸟类，错把"鹦鹉螺"号当成了鲸鱼的尸体，成群结队地飞到船身上，对着船身上的钢板一阵猛啄。

当"鹦鹉螺"号在冰块之间航行的时候，内莫船长总是会站在甲板之上，独自一个人观察这一片寂静的海洋。他的神色一如往常，镇定无比，就好像是在自己的家里一般。难道内莫船长是一个人类难以到达的空间的主宰者吗？内莫船长呆立在甲板之上，只有当他意识到应该发号某种指令的时候，才会从沉思中惊醒过来。他巧妙地指挥着"鹦鹉螺"号避开各种巨大冰块的冲撞，在这些冰块中，有的甚至长达几海里，有70多米高。

现在，"鹦鹉螺"号外面的温度在−3℃左右。我们现在身上都穿着海豹皮做的外套，很是温暖，"鹦鹉螺"号的内部还配有电力发热设备，根本不用担心寒冷。再说，要是想创造一个适合人体的环境温度，只要让"鹦鹉螺"号下潜几米就可以轻松做到了。

要是我们早几个月来到这里，还能够看到南极昼的奇妙景象。现在，夜晚已经持续了将近三四个小时了，再过一段时间，黑夜就将持续长达半年之久，到了那个时候，黑暗将会笼罩南极圈内的一

我们的旅行还在继续，渐次出现在我们眼中的冰块已经逐渐变成了冰岛，渐渐地，冰岛又变成了冰山，而且越向南方行驶，数量就变得越多。

切事物。

3月16日早晨8点，“鹦鹉螺”号开始沿着西经55°穿越南极圈，“鹦鹉螺”号周围的冰块都将海面封住了，但是内莫船长总是能在这些冰块的间隙里找到前进的路。

“内莫船长究竟要带我们到哪里去？”我终于忍不住问在我身边的孔塞伊。

“向前，”孔塞伊说，“一直到不能前进为止。”

“简直不可思议！”我说道。

坦白地讲，对于此次南极冒险，我还是感到无比刺激的，这里的风景美不胜收，冰块的姿态真是壮丽无比：看这边的冰块就好像一座壮丽的东方城市，上面耸立着尖塔与清真寺；那边的冰块又好像是被地震侵袭的废城，夜晚的微光斜涂在上面，雪花漫天飞舞。

当冰带脆弱的平衡遭到外界破坏的时候，到处都是爆炸、坍塌和颠覆等景象。“鹦鹉螺”号随即下潜到水下。部分冰体解体下沉，形成可怕的涡流，一直延伸到大洋深处，“鹦鹉螺”号的航行不再像以前那么平稳，它开始变得左摇右摆，就好像是狂风暴雨中一叶孤单的小舟。

这天，我们前进的路彻底被冰带阻挡了，之所以称其为“冰带”，是因为这些冰块们并不是严格意义上的冰山，而是一片由于寒冷的气候而冻成一片的冰地。这样的障碍难不倒内莫船长，“鹦鹉螺”号加足马力猛烈地向着冰地冲去，就像楔子一般插入冰带中，再将冰划开。冰块不断破裂，发出震天的碎裂之声，无数的碎冰片溅了起来，在空中一阵飞舞之后，如冰雹一样落下来。

有时候，“鹦鹉螺”号还会借助自身的冲力爬上冰地，再依靠本身具有的重力将冰块压碎，开辟出一条水道。当“鹦鹉螺”号被冰块卡住的时候，就左右晃动船身，让冰带的裂口变大，最终将冰块解体。

这样的航行持续了两天的时间，现在已经是3月18日的中午了。此时的内莫船长正在进行一个精准的测量，测得现在“鹦鹉螺”号正在西经51° 30′，南纬67° 39′，已经相当于进入了南极圈。

现在，我们的周围再也不是冰块、冰山和冰带等景观，而是绵延成一大片屹立不动的白色栅栏！

“啊！是冰山！”尼德·兰德高喊着。

在一片地势崎岖的大平原上，耸立着无数的冰山，有的形成了陡峭的悬崖，它们不停地闪耀着耀眼的光芒。在南极，大自然变得凄凉而空旷，只有偶尔传来的几声鸟叫，将这压抑的宁静打破，在这里，好像一切声音都被寒冷冻住了一般。

“教授，”尼德·兰德对我说，“要是现在，内莫船长能够将‘鹦鹉螺’号向前再走一点点的话……”

“再走一点点的话怎么样？”

“要是内莫船长能够再向前走一点点的话，他将是一位非常了不起的人物了！”

“为什么这样说，尼德？”

“因为截止到目前为止，还没有任何一个人能够跨越冰山的阻碍到达南极，内莫船长已经做得非常好了，尽管如此，他还是不能和大自然的神力较劲！这是大自然定下的规矩，我们每一个人都不可能逾越的！”

尽管我很不愿意相信，但是我还是不得不承认，尼德·兰德说的话是对的。

下午2点，“鹦鹉螺”号的周围几乎已经被迅速冻结的冰层重重包围，我们的南极探险已经到了寸步难行的地步。

现在，内莫船长正站在平台之上观察周围的地形，看见我之后，内莫船长主动打招呼：

“阿龙纳斯先生，现在，您有什么好的建议吗？”

“内莫船长，我想我们是被困住了。”

“困住？您的意思是……”内莫船长感到疑惑不解。

“我们现在已经到了进退两难的地步了！”

“阿龙纳斯先生，您真的是这样想的吗？您真的认为‘鹦鹉螺’号现在不能脱身了吗？”

“内莫船长，想要脱身真的很困难，以现在季节的温度，我们根本不可能考虑解冻。”

“哦……我的教授，”内莫船长以略带嘲讽的口吻说，“您不能一味地用老眼光看问题，不能只看到眼前的困难。现在，我要告诉您，‘鹦鹉螺’号不仅可以脱身，还可以继续向前推进！”

“内莫船长，恕我冒昧，您说的是继续向南方前进吗？”

“是的，现在我们要去南极，去那个所有的经线和纬线相交在一起的地方！在这之前，还没有任何一个人能到那里去。我的‘鹦鹉螺’号可以冲破一切的困难，做我想做的事情。”

“内莫船长，我很愿意相信您说的话是真的，我们可以一往无前，冲开所有的冰山，统统将它们炸开，要是它们敢反抗的话，我们就给‘鹦鹉螺’号插上翅膀，从上面飞过去！”我的话中同样带有嘲讽的意味。

“不，阿龙纳斯先生，”内莫船长对我说，“我们不是从冰山上飞跃过去，而是从水下过去。”

内莫船长说的话让我茅塞顿开，我差点忘了，“鹦鹉螺”号还有这个本事——可以在水底航行。正是因为这个本事，使得“鹦鹉螺”号一次又一次地为内莫船长的超人事业保驾护航。

“教授，我们现在开始彼此了解了。”内莫船长说，“对于一艘普通的船来说办不到的事情，‘鹦鹉螺’号都可以办到。假如南极处在浮起的大陆之上，‘鹦鹉螺’号就只好在它前面停下。但是，假如南极处在自由漂浮的海洋之上，我们就能够抵达南极点！”

“是的。”我受到内莫船长的鼓舞，内心开始澎湃起来，“没错！海面冰冻的时候，海底却是可以自由航行的。”

“冰山不至于延伸到水下300米深的位置，而水下300米对于‘鹦鹉螺’号来说，却不是一个难以到达的深度，它还可以潜得更深。在一定的深度下，海水的温度将不再发生变化，即便洋面的温度再低，水下的温度也是恒定不变的。”

“内莫船长，还有一种消极的假设：有一种可能，南极点的位置是在海中的，但是洋面已经完全冰冻，‘鹦鹉螺’号不能浮出水面。”

“没错，阿龙纳斯先生。”内莫船长说，“但是您不要忘记，‘鹦鹉螺’号有巨大的冲角，我们可以沿着对角线的方向冲过去，这样就可以依靠巨大的冲撞力将坚固的冰地撞开！”

我还有什么好说的呢！此时此刻，我的心比内莫船长还要热，仿佛不是他把我带到这里来，而是我拉他来到南极的。

我告诉孔塞伊，现在我们就要去往南极了，这个正直的小伙子没有发表任何感到怀疑的言论，倒是尼德·兰德听完之后高高地耸起了肩膀。

“您看看吧，阿龙纳斯先生，我觉得您和内莫船长一样可怜！”尼德·兰德一边向回走一边说，“不要自寻绝路！”

内莫船长已然将这个大胆的计划付诸实践了，准备工作正在紧锣密鼓地进行中。十几名船员拿着工具将“鹦鹉螺”号周围的冰层砸开，因为是刚刚结的冰，所以还不是很牢固，很短的时间内，“鹦鹉螺”号的船身就开始松动，这项工作很快就完成了。

随后，全体船员都回到了船舱内，储水仓开始源源不断地灌进海水，“鹦鹉螺”号开始慢慢下潜，我们透过舷窗向外望去，在水下大概300米的位置，冰山底部的轮廓还是清晰可见的。船还在继续下降，直到到达水下800米的位置。

在海底，“鹦鹉螺”号还是可以自由通行的。我们始终沿着西经52°笔直地向着南极点驶去。

3月19日早晨5点，我来到客舱，现在船航行的速度已经减慢了很多，储水仓的水正在缓慢地排出，船身也不疾不徐地上升。我的心开始不受控制地跳动，现在我们就要浮出水面，来到南极的自由空间了吗？

一声闷响传来，肯定是船身和冰山发生了碰撞。这让我的心开始一阵阵紧张，接下来，发生了多次类似的碰撞，不过“鹦鹉螺”号并没有任何危险。在四五百米的深度也会有冰，尽管冰已经减少很多了，但是从现在“鹦鹉螺”号所在的位置到洋面之间的冰层还是非常坚固的！

这一晚上，我睡得很不踏实，一直辗转反侧，一会儿充满了恐惧，一会儿又充满了向往。

早上6点钟，客舱的门被打开了，内莫船长冲了进来，大声向我宣布：

“我们可以在大海上自由航行了！”

第十四章 南极

我几乎是一口气跑到平台的上面。没错！船可以在大海上自由航行了。在远处，有一些被撞碎的浮冰和碎冰向更远的大洋漂去。空中成了鸟类的世界，水下则是鱼儿们的乐园。海水的颜色变得异彩纷呈，由于深度的不同，所呈现的颜色也有些不同，从深蓝色逐渐变成青绿色。温度计显示现在的温度是-3℃，这里就好像是被冰封的春天一样，在北面的水平线一带，映照着巨大冰块灰色的身影。

“现在我们抵达南极点了吗？”我问内莫船长，心脏“怦怦”直跳。

“还不太清楚。”内莫船长回答道，“等到中午的时候，我们再进行测量。”

“但是，阳光能不能冲破这些乌云的阻碍呢？”我看着灰蒙蒙的天空，不知道是不是能测得太阳的高度。

“只要一点点光线就足够了。”内莫船长说。

在“鹦鹉螺”号南边大约10海里的地方，漂浮着一座孤零零的小岛。尽管距离很短，但是依然需要多加小心，这里可能遍布着暗礁。我和内莫船长商量后决定，向着这个小岛的方向前进。

一个小时之后，我们到达了这个小岛附近，两个小时之后，我们已经围绕这个小岛航行了一周。绕行之后发现这个岛的周长大概在5海里左右。在这个小岛的前面，有一块小小的陆地，一条狭窄的水道将它们分开了。

眼前我们看见的会不会是大陆？不管结果是肯定的还是否定的，至少我们现在并不能看见它的边缘。一位叫作莫里的科学家曾经提出过这样的假设，在南极点到南纬60° 之间，有大量巨大的冰山，这些冰山的体积庞大，在北大西洋中，绝对没有如此之大的冰山出现。又由于冰山不能在大海之中形成，所以只能依靠陆地这样稳固的实体而存在，莫里做出了大胆的假设，在南极圈以内，存在着大片的陆地。根据莫里的估计，这个巨大的冰盖覆盖着南极，宽度足足有将近4千公里。

现在，内莫船长、孔塞伊、两名水手和我，一起乘着小艇前往那片陆地之上。尼德·兰德并没有露面，我想尼德·兰德一定不愿意承认，现在我们眼前的就是南极吧！

我们的小船在一片沙滩前面搁浅，孔塞伊抬脚就想走下小艇，却被我拉住了。

我说：“内莫船长，首次踏上这块陆地的光荣应该是属于您的！”

“是的，阿龙纳斯先生，”内莫船长说，“截止到今天为止，还没有任何一个人能够踏上南极这块陆地！”

说完，内莫船长纵身一跃，轻盈地跳到了沙滩上。我能看得出来，内莫船长现在的情绪非常的激动，脸色因为心跳的加速而变得通红。内莫船长跳到一块巨大的礁石上面，双手插着腰，眼睛凝视着这一片陆地，他沉默不语，就好像在静静地欣赏自己刚刚占有的南极。

11点钟，这里依然是云雾弥漫，看不见一丝的阳光。没有太阳光的话，我们要进行的各种观察都会受到限制。等到正午的时候，依然没有看见太阳准备出来的迹象，不仅这样，天空还开始飘起了雪花。

“我们明天再来。”内莫船长看了看天空之后说道。

但是在接下来的两天时间里，没有一天是能看见太阳的好天气，甚至还有持续不断的暴风雪。第三天的时候，也就是3月21日，春分日，过了今天，天阳就要沉入地平线以下了，整整6个月的时间不出来，今天是太阳放出光芒的最后一天。

早上5点，我走到了甲板平台上，内莫船长正在那里出神地思考问题。我走上前去。

内莫船长对我说：“天气开始好转，今天太阳有希望出来。吃过早饭之后，我们就准备登陆，选一个好一点的位置进行观察。”

确定了今天的行程，我去找尼德·兰德和我们一同前往，但是这个脾气执拗的鱼叉手听了之后，马上回绝了我的邀请。

吃过早饭之后，我和内莫船长、孔塞伊以及船员一同出发了。

在洋面之上，有很多鲨鱼游弋着。海里面有南极地区特有的3种鲸鱼——平鲸、鳍鲸和须鲸。平鲸最大的特点就是没有脊鳍；鳍鲸体表呈现淡黄色，性格比较活泼；而须鲸的腹部有很多的皱褶，鳍是灰白色的，非常大。眼前，这些巨大的鲸鱼在我们附近游来游去，它们发出的隆隆声，在很远的地方都能听得一清二楚。这些鲸鱼曾经被狩猎者们无情地追击和捕杀着，但是在南极这块净土中，这些鲸鱼找到了最好的避难所。

上午9点，小艇靠了岸。天空果然放晴了，浓厚的云朵开始逐渐散去。我们决定找一个高地进行观察。在我们前面有一座不算太高的山，于是我们准备登上山顶进行观察。登山的过程并不像想象的那么容易，我们花了整整两个小时的时间才登上这座尖峰。放眼望去，远处是一片广阔无垠的海洋，近处则是绵延不绝的冰川，照耀得我眼睛发疼。太阳像一个圆盘状的火球，慢慢地从地平线上爬了出来，它的一角已经被地平线切去了，海面上有很多不断喷发着的小水柱，就像是不断喷着水的喷泉一般，更像是盛开着的美丽花朵。

在这里，我们还能看见远处的“鹦鹉螺”号，它就躲在这些不断盛开的花朵背后，像是一头睡意浓重的巨鲸。

内莫船长现在无心欣赏周围的美景，正在聚精会神地研究着手中的测量仪器。

距正午还有一刻钟的时间，太阳像一个金光闪闪的盘子，照耀在这片没有人迹的大陆上，给这块荒凉无比的大陆披上了一件温暖的外衣。

我手里拿着航海计时器，内莫船长则用带有光栅的望远镜不断地观察着太阳的变化。要是太阳的盘面的一半进入了地平线，这时候就是正午，而我们所在的位置就是南极点了。

“12点整！”我激动地喊了起来。

“南极点！”我们从内莫船长的口中得到了肯定的回答，同时，内莫船长将手中的望远镜递给了我，在望远镜中，我看见水平线正好把太阳分成了完全相等的两份。

内莫船长的手搭在我的肩上，激动地对我说：“现在，我，内莫船长，在1868年3月21日抵达了南纬90°的南极！我以我自己的名义占有了这片相当于已知大陆1/6的土地。”

说完这一席话，内莫船长展开了随身携带的一面黑色旗子，旗子的中间是一个金黄色的“N”字。紧接着，内莫船长回转身子，对着水平线上的太阳大喊道：“再见了，太阳！消失吧，你这颗光芒四射的恒星……”

第十五章　是意外还是偶然

3月22日早晨6点，“鹦鹉螺”号又开始为出发做准备。此时，天气非常寒冷，星星显得格外明亮。那颗灿烂的星在头顶闪烁着，它就是南十字星。

现在，温度计显示此时的温度只有-20℃。寒风刺骨，海面上流动的冰山越来越多了，海水则开始慢慢地冻结起来，很显然，当南极的冬天来临的时候，在6个月的时间里，海面将会全部冰封，绝对没有办法通行。

“鹦鹉螺”号的储水仓开始注水，船逐渐向着海底沉去。到了水下300米的位置，“鹦鹉螺”号停止下潜，螺旋桨开始工作，船正在以每小时50海里的速度向着北方驶去，傍晚时分，我已经开始在巨大冰山的底部之下前进了。

我一个人坐在客舱里用了一天的时间整理笔记。我抵达了南极点，这是人类从来没有到达过的地方，我没有感到一丝的疲惫，更没有感到任何的危机感。眼下，我们已经踏上了归途，在前方，还有什么新鲜的旅程等着我们去冒险呢？

凌晨3点钟，一下猛烈的撞击将我从睡梦中惊醒，我翻身起来，在黑暗中摸索，我不知道发生了什么事情，正在我茫然的时候，又一下撞击将我从床上摔到了地面上。很显然，“鹦鹉螺”号是撞到什么东西上了，船身已经开始倾斜了。

我在黑暗中摸索着离开了房间，沿着墙来到走廊，又沿着走廊摸索到客舱里。客舱倒是灯火通明，尼德·兰德和孔塞伊也来了。

我急忙问道：“发生了什么事情？”

“我正想问先生您呢！”孔塞伊说。

尼德·兰德说道：“船这么倾斜，应该是撞在了什么东西上，恐怕会很麻烦啊！”

我没有说什么，现在正是这个暴躁的鱼叉手发脾气的大好机会，让他自己随意发泄好了。

又过了20分钟，内莫船长也来到了客舱里，他仿佛没有看见我们一般。平时的内莫船长总是镇定自若，但是这次，我在他的脸上看到了一丝忧伤。

内莫船长不停地查看仪表、图纸，我并不想打断内莫船长的思绪。

过了一会儿，内莫船长把脸转向了我，我问内莫船长：“内莫船长，是不是发生了什么偶然事故？”

“不，阿龙纳斯先生，”内莫船长说道，“是重大事故！”

“很严重吗？”

“有可能吧。”

“马上就会有危险？”

“那倒不会。”

“是不是‘鹦鹉螺’号触礁了？”我尝试性地问内莫船长。

“鹦鹉螺”号的两边大约10米的距离处竖立着两道白得耀眼的冰墙，“鹦鹉螺”号的上下也是冰墙：上面的冰墙就好像是天花板一般，而处于底部的冰墙则是翻转过来的冰体。

起宝石。

孔塞伊也情不自禁地大叫起来："啊！好美啊！"

"简直没有比这更美的了！"一旁的尼德·兰德也跟着赞美起来，"但是，我们要为眼前这种美丽的景色付出巨大的代价！我想，上帝一定不允许人类看见眼前这么美丽的景色吧！"

"鹦鹉螺"号正在快速前进，冰墙上本来静止的光芒变成了一条闪动的光带，就好像数以万计的钻石的光芒融成了一片。

早晨5点，"鹦鹉螺"号再次发生碰撞，我想一定是船的冲角撞到了冰体上。内莫船长肯定要改变航行路线，来另找出路，以此来避开障碍物，不然的话，肯定没办法继续前进了……

出人意料的事情发生了，内莫船长居然彻底改变了航向，船开始倒退。

"我们要倒退吗？"孔塞伊疑惑不解地问道。

"可能是吧。"我说，"既然前面的路已经堵死了，我们最佳的选择就是退回去，或许可以从后面找到出口。"

我这样说，仅仅是为了自我安慰，没有想到的是"鹦鹉螺"号后退得越来越快，轮机也在倒着转，也转动得越来越快。8点25分，"鹦鹉螺"号的后部又传来了一阵撞击声。我的脸顿时失去了血色，两位同伴向我走来，我们面面相觑，好像在现在这种情况下，表情比语言更能表达我们的心情。

内莫船长向着客舱走来，我迎了上去，问道："内莫船长，是不是向南的通道也已经被堵住了？"

"没错！阿龙纳斯先生，"内莫船长说，"翻倒的冰山已经将所有的出口都堵住了。"

“难道现在我们已经被封锁住了吗？”

“是这样的，教授！”

现在，“鹦鹉螺”号上下左右都被冰墙包裹了起来，我们好像成了冰山中的囚犯一样。尼德·兰德继续用手猛烈地敲击着桌子，孔塞伊镇定自若、一言不发，我的双眼则紧紧地盯着面前的内莫船长。他就像平常一样插着手，而脸上没有任何表情。

“先生们，”内莫船长说，“就现在这种处境，我们有两种死法……”

内莫船长真的是不可理喻，现在他说话的口气就好像一位严肃的数学老师，正在为自己的学生讲解数学题一样。

“第一种死法是被冰山压死，第二种死法是窒息而亡。我不说饿死，这是因为船上的食物足够我们食用！”

“不至于窒息死亡吧，”我说，“船上不是还有气箱，那里不是贮存着空气吗？”

“是的，”内莫船长说，“但是，这些空气只够我们用两天的时间，现在我们在水下逗留了超过36个小时了，空气已经开始浑浊。等到48小时之后，贮存的空气就会被彻底耗净。”

“那好，船长，”我说，“我们最好设法在48小时之内脱身。”

“至少，我们应该尝试着将包围我们的冰墙凿开。”尼德·兰德说，随后他还表示，自己能够熟练地使用鱼叉和十字镐，内莫船长很高兴尼德·兰德能够帮助他。

我们十几个人都穿上了潜水服，背着气囊下到冰地。气囊里面装的是纯净的空气，对于“鹦鹉螺”号的气箱库存来说，这些空气是一笔很大的支出，但是却是十分必要的。

内莫船长下令对船身周围的冰墙进行仔细的勘察，最后的勘察结果表明，向上的方向有一堵15米厚的冰墙，所以不能凿通，因为那是一座高400米的冰山。于是我们继续向着其他的方向寻找，终于在向下的方向，发现了一堵10米厚的冰墙，这堵冰墙把“鹦鹉螺”号和海水隔开了。也就是说，我们只要开凿出和船体面积大小相同的一个孔就可以了。

开凿工作马上开始，我们都以一种不知疲倦、坚忍不拔的劲头挥动着镐头。两个小时之后，我们就已经疲惫不堪了。我们进行了短暂的休息，吃了一些东西，之后大家又开始轮番上阵。

12个小时之后，我们进行了粗略的估算，我们仅仅挖掉了1米厚的冰，也就是600立方米，按这样计算下来，我们至少要挖四天五夜才能彻底将冰墙打通，但是我们的空气只够使用两天呀。

“这还不止，即便是我们凿通了这里，也无法立即和大气层相连通。”

这个想法无疑是正确的，谁能预料到凿通之后会出现什么情况呢？会不会在“鹦鹉螺”号浮出水面之前，空气就已经消耗光了？难道所有的人都要死在这座冰的坟墓中吗？尽管形势十分危险，但是大家都没有放弃最后的希望，都在努力地凿着冰。

整整一天的时间，我都在努力地挥动着十字镐。希望在支持着我，激励着我。晚上的时候，内莫船长必须要打开贮存空气的阀门，放出一些新鲜的空气来，不这样的话，恐怕到了早上的时候，船员们就再也醒不过来了。

最可怕的是，尽管我们已经挖掉了少量的冰，但是两侧的冰墙还在不断地向着我们挤压过来，并且底层的冰地也在不断地加厚，它加厚的速度已经明显超过了我们挖掘的速度，我担心，在“鹦鹉螺”号脱身之前，这些冰墙会连接成一体，到那个时候，我们就彻底完了……

想到这里，我手中的十字镐居然掉在了地上。

我们这样挖了几天，现在是3月26日，从我们下潜到水下开始计算，我们生存所需的空气全部依赖船上贮藏的空气，这些仅存的空气要留给挖冰的人使用，更严重的是，两侧的冰墙不断地向着“鹦鹉螺”号的方向靠拢过来，距离船身仅仅剩下不到3米的距离，快速连接成成片的冰墙，正在以不可挡的趋势向着我们压过来。

“到了后天的时候，我们贮藏的空气就将全部用完了！”

听了这句话，我吓得出了一身冷汗。但是，这件事情，明明是在我意料之中的。今天，当我写下这些文字的时候，我还是会反射性地惊恐不已，仿佛我的肺部都快要没有空气了！

内莫船长站在我的面前，一言不发，能够看得出来，内莫船长正在进行着高频率的思考，看着他的表情，似乎已经有办法了，但是好像又有些犹豫，他一边想着，一边摇头否定自己的办法。最后，终于从内莫船长的口中吐出三个字：

“用开水！”

我百思不得其解：“开水？”

“是的，阿龙纳斯先生，现在我们处在一个密闭的狭小空间内，要是我们用水泵不断地向外喷射沸水，这个空间就会不断升温，水的冻结速度就会变慢。”

“我想这个办法是可行的。”我支持内莫船长的看法。

内莫船长说：“好的，现在我们就去试一下。”

复杂的电热设备马上投入了紧张的工作之中，仅仅几分钟之后，水就已经达到了沸点。这时候，内莫船长下达了向外喷水的命令。

3个小时过去了，船身周围的水温已经升高到了−6℃。这样连续工作直到夜间，船身周围的温度又上升了5℃，喷射沸水的工作已经到了极限了，再也没有办法继续升温了，如此，现在海水的温度是−1℃，而海水结冰的温度是−2℃，我们算是暂时摆脱了结冰的危险。

我对内莫船长说：“我们一定会成功的！”

“我也是这样想的，”内莫船长说，“尽管被压扁的危险没有了，但是我还是担心会窒息！”

现在的情况的确是这样的，有一种难以忍受的憋闷感，让我感到十分痛苦，这样痛苦的感觉我几乎不能用语言来形容，甚至有的船员已经开始出现呼吸急促、胸闷等等的情况了。只有到船外凿冰的时候才能呼吸到一些新鲜的空气。

每个人都在拼命地工作，胳膊酸、腿酸几乎都不算什么，手破了也不值得一提。到第6天的时候，只剩下两米厚的冰层了，也就是说，只要我们将这两米厚的冰层打通，就能重新回到大海里面了。

回到船上的时候，我已经是半窒息的状态了。这将是一个多么痛苦的夜晚！

现在只剩下最后1米的冰层了。内莫船长觉得用十字镐一点点地挖太浪费时间了，于是采用高压水龙对冰层进行冲击。内莫船长是一个思想灵活、计划周密、行动精准的人，在这样万分痛苦的状态下，他还能让自己保持原本的冷静以及活力，并且能依靠精神的力量来抑制身体的痛苦。

按照内莫船长的指示，我们通过调节储水仓的水量，从而将“鹦鹉螺”号准确地固定在1米厚的冰墙上，眼前这个1米厚的冰墙已经被开孔器钻遍了。

这时候所有的人都进入了船舱，储水仓也开始源源不断地进行蓄水，100立方米的水在很短的时间内就进入了储水仓，“鹦鹉螺”号一下子增加了100吨的重量。

我们满心期盼地等待着，等待着，已经暂时忘记了眼前的痛苦，心中充满了对明天的希望。接下来的时间，“鹦鹉螺”号首先经历了一阵剧烈的颤抖，接着就有噼里啪啦的碎裂之声响了起来，冰层刹那间破碎，船终于开始缓慢地下沉……

孔塞伊的声音在我的耳边响起：“我们已经成功地突破了冰层的包围！”

储水仓注满水的“鹦鹉螺”号就像一颗炸弹一样急速地下沉。内莫船长下达命令，开动所有的排水泵进行排水工作。几分钟之后“鹦鹉螺”号不再继续下潜，螺旋桨推进器开始工作，船身的钢板在剧烈地震动着，船开始向北方疾驰。

我们的危机还没有完全结束，从在冰山下航行一直到我们浮出水面，究竟要花多长的时间呢？是一天吗？那样的话我们都必死无疑！我的眼睛看着大钟，现在是3月28日上午11点，“鹦鹉螺”号正在以时速43海里的速度在水下疾驰，正在准备进行最后一搏。

现在压力表的示数显示，我们距离水面仅仅有5米的距离，这么一层薄冰，正在阻碍着我们和大气的接触，难道“鹦鹉螺”号不能冲开它吗?

“鹦鹉螺”号真的是这样做的：船体后部稍微下降，以便令前面的冲角上扬，接着，它开足马力，像一架强力的工程机器一样冲上去。冰层逐渐被撞开，并且破裂。“鹦鹉螺”号再一次后退，再一次全力地冲上去，向着裂开的冰层冲击……

在巨大的冲力作用下，“鹦鹉螺”号跃出了破碎的冰面，所有的盖板马上打开，纯净的空气迅速涌进船舱，并流动到“鹦鹉螺”号的每一个角落。

第十七章 从合恩角到亚马孙河

我不知道自己是怎样来到平台上的，可能是尼德·兰德把我抱上来的。我拼命的呼吸着海上清新的空气，我的两个同伴也在我旁边也尽情狂吸这新鲜的空气。我们三个人毫无节制的吸取这海上的空气。给我们送来这种快意迷醉的，正是那海风。

“啊！”孔塞伊说，“氧，真好！先生不用怕呼吸了！现在并不缺少，人人都可以有了。”尼德·兰德不说话，但他张开大嘴，简直要让鲨鱼看见都害怕。多么大力的呼吸！

我们的气力很快就恢复过来，我看一下我们周围，平台上的只有我们三人：没有一个船上的人员。内摩船长也不见。

我说的第一句话是对我的两个同伴表示感激的话。尼德·兰德和孔塞伊不顾自己的生命，挽救了我的生命，把我所有的感谢拿出来偿付这种牺牲精神并不算过多。

“先生，”尼德·兰德回答我，“我并没有感到痛苦，只是少吸了几口空气而已。您的生命比我们的有价值。所以必须保存。”

“不，尼德，”我回答，“我们生命的价值是一样的，谁也不比谁的更重要。”

“算了！算了！”加拿大人有些难为情的说到。

“你呢，我的忠实的孔塞伊，你一定也受了很多苦。”

“老实对先生说，并不怎么难过。我就是短了儿口空气，但我想我可以过得去。并且，我眼见先生晕过去，我就一点不想呼吸了……”孔塞伊觉得自已太罗嗦了，不好意思，没有说完就停住了。

“谈正事吧，”孔塞伊说，“我们现在走的方向对吗？”

“是的，”我回答说，“因为我们是向着有太阳的方向走，现在有太阳的就是北方。”

“鹦鹉螺”号走得很快。不久就走过了南极圈，船头指着合恩角。我们是在3月31日晚上七点到达了南美洲最南端。

内摩船长并不露面，在客厅中的平台上都看不见他。他的副手每天往地图上记录方位，让我知道“鹦鹉螺”号走的方向。我很满意，方向很明确，我们是从大西洋的水路到北方去。我把我观察所得的结果告诉了尼德和孔塞伊。

“好消息呀！”尼德非常高兴地说。

4月1日，“鹦鹉螺”号在中午前几分钟浮上了水面。我们看到了西面的海岸。那是火地岛，据说，那是第一批航海家望见岛上土人的茅屋升起了无数的烟火，就给了它起了这个名称。没过多久，“鹦鹉螺”号又回到了水下，接近海岸，沿岸走了几十海里。

4月4日，“鹦鹉螺”号驶入乌拉圭海域，但距离海岸五十海里。自从离开南极圈，内摩船长就再也没有现过身，至此，我们已经行驶了一万六千里了。

这种高速的行驶跑了好几天，4月11日，“鹦鹉螺”号突然浮出水面，到了亚马孙河入海口。在那里，我们又看到了陆地。后来，我们穿过了赤道，西面二十海里的地方就是法属圭亚那，我知道，在那里我们能很容易找到一个藏身的地方，但是，风大浪高，“鹦鹉螺”号根本没办法靠岸。尼德·兰德可能也看出了这一点，所以我们都没有再提那个逃跑计划。虽然逃跑没什么指望，但4月11日和12日这两天，“鹦鹉螺”号一直浮在水面上，船上鱼网打倒的植虫类、鱼类和爬虫类非常丰富，成绩惊人。

其中有一条二十多公斤重的扁平的鳐鱼让孔塞伊难为忘怀，把这鱼的尾巴截去，就可以成为一只圆圆的大盘子，鱼身下面是白的，上面是淡红的，通体遍布深蓝色的圆点，并且圆点周围有黑圈，表皮很光滑。它在平台上极力挣扎，想蹦回大海里去。眼看着就要蹦到海中去了。孔塞伊立即扑上去，用双手扰鱼摁住了。但那鱼猛的一使劲，把孔塞伊掀了个四面朝天，两腿蹬在空中，半身麻痹，大声喊：“啊：我的主人，我的主人！快来救救我。”

我和尼德·兰德跑去把他拉起来，我们给他按摩胳膊、腿和腰，当他回复过来的时候，一边哼哼着一边说：“我一定要找它报仇。”

“怎么报仇？”

“吃了它！”当晚，孔塞伊真的这么做了。说实的，电鳐的肉太硬了，根本嚼不动，杀了它纯粹是为了泄愤。

第二天，4月12日一整天，“鹦鹉螺”号都在向马罗河河口驶去。

第十八章　大章鱼

这些天以来，“鹦鹉螺”号一直远离美洲海岸行驶。在这片海域暗礁很多，而且船只也很多，所以内摩船长觉得很不合心意。最不开心的还是尼德·兰德，“鹦鹉螺”号始终没有驶进海湾。在汪洋大海之中，逃跑是相当不明智的决定。

我们在“鹦鹉螺”号上已经六个月了，行驶了一万七午里。尼德·兰德想让我去找内摩船长，直截了当地问他，是不是想把我们无限期地羁押在船上。我对他说，让我再考虑考虑吧，因为我觉得问不出什么结果，更何况最后一个月，内摩船长一直在躲着我。而且在这里我们过的还不错，食物营养丰富，空气有清新有益健康。我也知道，如果没有“鹦鹉螺”号，我根本没有可能接触和观察到这么多美妙而新奇的海底动物。

4月20日，“鹦鹉螺”号一直在1500米深的水层航行，现在距离“鹦鹉螺”号最近的陆地是巴哈马群岛所属的留加夷群岛。在这一带的海域，密布着高耸的岩礁，在岩礁的下面，隐藏着无数个不为人知的洞窟，这些洞窟仿佛没有底，“鹦鹉螺”号的探照灯都很难照到它们的尽头。

晚上11点，我和尼德·兰德以及孔塞伊闲聊，尼德·兰德让我注意窗外那些巨大的海带之间有阵阵骚动。

“这一带有大章鱼的洞窟，能够看到类似动物活动一点儿也不奇怪！”我说。

“真的是大章鱼吗？我想面对面看看这个大家伙。据说它能将一条船拖到海底呢！”孔塞伊兴致勃勃地说。

“难道这个世界上真的存在这样一种怪物吗？我很难相信。”尼德·兰德说。

“你为什么不相信呢？我们不是连先生的独角鲸都信了吗？”孔塞伊反驳尼德·兰德。

“或许我们信错了。我是铁了心了，除非我亲手把它们开膛破肚，不然我是不会相信的。”

“就我本人来说，我还清清楚楚地记得，曾经有一艘船被大章鱼的触腕缠住，并且拖到了海底。”孔塞伊挺挺胸脯说。

“你亲眼所见的吗？”尼德·兰德问道。

“当然了。”

“在什么地方看到的？”

“法国的圣马洛港。”

“那是一个渔港吗？”

“是在一个教堂中。”

“哦，天呐！在教堂里！”尼德·兰德不能控制自己的情绪，开始大叫起来。

“没错，尼德朋友，那是一幅挂在教堂中的壁画。”

“好啊，”尼德·兰德大笑起来，“孔塞伊先生，您是不是在拿我逗乐？”

两个人的话倒让我回想起了一件事情。我告诉他们：“早在1861年的时候，在特里内菲岛东北，差不多就是我们这个位置，有一艘警卫舰‘阿莱克顿’号发现在那一带的海域游弋着一个巨型的章鱼。舰长下令靠近这个大章鱼用鱼叉和枪施行攻击，但是这样做似乎对这个巨大的怪物构不成任何伤害，章鱼的身体就像肉冻一般软绵绵的。船员们终于将一条大绳子套在了它的尾鳍上，但是章鱼太重了，硬是把尾巴拉断了。没了尾巴的章鱼潜入水中消失了。”

“好，这算一件。”尼德·兰德说道。

“我的朋友，这是个无可争辩的事实，大家还把这个大章鱼叫作‘布盖章鱼’。”

“它的身长是不是在6米左右？”一直站在舷窗边上的孔塞伊忽然发问。

“没错。”我回答。

“头上是不是长着8根触角，像一窝蛇在水里扭动？”

“是的，孔塞伊。”

“嘴是不是看起来很像鹦鹉，但是要大出很多倍？”

“孔塞伊，你说得没错。”

“那好吧，先生，”孔塞伊平静地说，“我想您一定不会失望的。现在我们面前的即便不是‘布盖章鱼’，至少也是它的兄弟吧。”

尼德·兰德的动作比我快，他迅速跑到窗前，大叫起来：“啊！好可怕的大怪物！”

我走上前一看，顿时吓了一跳——这个家伙丑陋可怖的外形让我感到恶心，称这个家伙为畸形怪胎一点儿也不过分。

这是一条大章鱼，有8米长。尽管体型庞大，但是动作却十分的灵敏，它正倒退着向“鹦鹉螺”号游来。这个大家伙有8条“胳膊”，也可以说有8条“腿”，触手的长度比体长多1倍，它们在身体的周围不断地扭曲盘旋。在这个大怪物“胳膊”的内侧排列着250个半球状的吸盘，有的吸盘贴在了船身的玻璃上，吸盘的中间是空的。就像孔塞伊说的，大章鱼的嘴就好像鹦鹉的嘴，一上一下，不断地开合。它的身体就像一个纺锤体，中间无比的膨大，好像长着一个大肉团，我想眼前这个大章鱼的体重应该有2吨到2.5吨那么重吧。

“这是不是‘阿莱克顿’号遇到的那条大章鱼呢？”孔塞伊问道。

“应该不是，”尼德·兰德说，“‘阿莱克顿’号发现的大章鱼已经缺了一条腿，但是现在出现在我们眼前的章鱼身体是完整的。”

“这一类的动物肢体都是可以再生的，所以，你的推理不一定成立。”我说。

“但是，教授先生，”尼德·兰德说，“要是眼前这只不是‘布盖章鱼’，那么，在那个章鱼群中，肯定有只是它。”

我向右边的舷窗看了一眼，天呐！还有七八只章鱼呢！这些可怕的大章鱼正在用它们那张硕大的“鹦鹉嘴”啃咬着“鹦鹉螺”号表面的钢板，船体不断地发出“咚咚”声，再加上这些章鱼游动的速度是和船同步的，所以船和章鱼之间几乎是相对静止的。

“鹦鹉螺”号的速度明显变慢了。紧接着，船体又发出了激烈的震动，船上所有的物体都颤抖不已，不一会儿，船停了下来。

船停下来之后，储水仓就开始向外排水。一分钟后，许久没有露面的内莫船长出现在了大家的面前。现在的内莫船长神色好像有些忧郁，他既没说话，也没有看我们，而是径直朝着盖板走去，看了看窗外的大章鱼们，又对一旁的大副进行了简单的叮嘱，说罢，大副转身离开了客舱。

我走到内莫船长跟前，说道：“观赏到这么多章鱼，真有意思。”我从从容容地对他说，就像是在水族馆看观赏鱼一样。

“没错，亲爱的教授，”内莫船长说，“现在我们需要和它们展开一场肉搏战！”

我双眼紧紧地盯着船长，并不知道他在说什么。

内莫船长说：“现在‘鹦鹉螺’号的螺旋桨已经停止运转了，这是因为大章鱼的角质下颚被绞进了叶片中，导致我们的船不能再继续前进了。”

“内莫船长，你准备怎么办呢？”

“我准备到水中消灭它们。”

“这好像不太容易实现？”

“确切地说，是很不容易。”内莫船长说，“它们的身体十分柔软，一点儿反弹力都没有，电弹对章鱼来说显得毫无作用。我们必须用斧子才能将它们的‘胳膊’砍断。”

“我们也可以用鱼叉来刺，要是您不拒绝的话，我想我能帮到您。”

“我欣然接受您的帮助，尼德·兰德师傅。”

内莫船长带领我们走向梯子，尼德·兰德手持鱼叉，我和孔塞伊各拿了一把斧子。

第一名船员刚刚将盖板的螺栓松开一半，顶部的盖板就在猛然间被打开了，很明显，它是被章鱼的吸盘吸开的。与此同时，一条长长的“胳膊”好像蛇一般地从洞口伸了进来，还有20只左右的“胳膊”在上面不停地挥舞着。内莫船长眼疾手快，拿起斧子就向着那一条巨大的“胳膊”砍去，断掉的肢体马上蜷缩起来，掉下了船舱。

我们勇敢地登上了平台，走在内莫船长前面的船员不幸被章鱼的两条“胳膊”缠住了，他被粘在了吸盘上，并且在空中不停地摆动着，他气喘吁吁，马上就要窒息了，声嘶力竭地喊着：“快点救我！”他是用法语喊的，这一点使我十分震惊，这就充分说明，在船上至少有一位船员是我的同胞，还有可能有好几个法国同胞呢！这一声撕心裂肺的求救让我一辈子都忘不了。

眼看这个船员就要遭殃。内莫船长第一个向章鱼扑了过去，他抡起手中的斧子，以迅雷不及掩耳之势将大章鱼的“胳膊”砍了下来，其他的船员见状，纷纷向着章鱼一顿猛砍，尼德·兰德、孔塞伊和我也一起向着这个大肉团砍去。大章鱼的8条“胳膊”都被我们砍掉了7条，仅仅剩下的一条“胳膊”像卷着铅笔一样卷着这个船员，并且不停地在半空中摇晃。就在这个关键的时刻，这个怪物的肚子中突然喷出了一股黑色的液体，我们的眼睛一下子就看不见东西了……

当黑色的液体散尽，大章鱼和那位船员一块儿消失了！

我们再也没有办法控制自己的情绪，开始怀着无比悲愤的心情和章鱼进行殊死搏斗。眼前，足足有20多只大章鱼，平台上被红色的血和黑色的液体所浸染。一段段被砍下来的章鱼“胳膊”在海水中不断地翻滚着。尼德·兰德的鱼叉就好像有生命一般，总是能准确地插在章鱼的眼睛上，并且把它的眼珠挖出来。突然，有一条巨大的触角将尼德·兰德掀倒了，章鱼那张可怕的大嘴正向着尼德·兰德扑过去，我正要上前帮助尼德·兰德，内莫船长已经先我一步到了尼德·兰德身边，将斧子狠狠地砍在了怪物的两排巨齿中。

“我应该报答你！”内莫船长对尼德·兰德说，尼德只是点点头，并没有说话。

一刻钟之后，大章鱼们终于都消失在了波涛之中。

内莫船长浑身沾满血迹，像雕塑一般伫立在探照灯旁边，大海又无情地吞噬了他的一位同伴，内莫船长已经控制不住地流下了大颗的眼泪。

第十九章　墨西哥湾暖流

4月20日发生的可怕一幕，我们都终生难忘，我在记录这件事的时候，仍然激动不已。我还把文章读给我的两位同伴听，他们认为，记录的事实确切，但不够生动。要描绘这样的场景，得由最著名的大作家雨果那样的人出手才行。

内莫船长回到了自己的房间，又是一连几天都没有露面。“鹦鹉螺”号还没有明确的航向，几天以来，一直在随波逐流。尽管螺旋桨已经被松开，但是还是不能转动，这艘船在和大章鱼进行了一场殊死搏斗之后好像有些疲惫不堪，又好像有了感情一般，不想离开这片吞噬了自己同胞的海域……

10天过去了，“鹦鹉螺”号开始向北方前进，我们现在的位置是巴哈马水道的吕卡纳群岛上部，正在沿着海洋中的一股水流行驶，水流有自己的边缘、生存的鱼类品种和自己恒定的温度，这就是大西洋暖流。

5月8日，“鹦鹉螺”号来到横越北卡罗来纳附近的哈特拉斯角，墨西哥暖流流经这里，宽度达到了75海里，深度有200米。“鹦鹉螺”号漫无目的地漂荡着。

在这附近有人类居住的海岸，海上船只来往频繁。它们定期从纽约或者波士顿前往墨西哥湾，还有很多途经此地的帆船，另外岸边还停靠着许多的船只，要是我们选择在现在这个时候逃走，是再好不过的机会了，我们有很大的几率被经过的船只搭救，最关键的是，现在“鹦鹉螺”号距离北美海岸只有30海里的距离，而且船员们对我们的监视也很宽松。

但是，现在在这个海域中，暴风雨正在肆无忌惮地横行，飓风和龙卷风时不时光临这里，恶劣的天气阻碍了我们的计划。事实上，这也不是偶然形成的，是大西洋暖流作用的结果。尼德·兰德的心中非常清楚，要是现在偷偷驾着小艇离开，无异于拿自己的生命开玩笑。尽管尼德·兰德很想逃走，尽管海岸就在眼前，但他也只能咬紧牙关，强忍住逃跑的想法，忍受着思乡之情和逃跑的欲望折磨。

“先生，现在，这场戏真的应该收场了！有一句话，我不得不提醒您：现在内莫船长正要离开陆地向着北方行驶，南极已经让我受够了，我不想再和内莫船长到北极去了！”尼德·兰德找到我说。

“问题的关键是我们应该怎么办，你应该知道现在的天气不允许我们逃走！”

“我还是坚持以前的想法，我们应该找内莫船长好好谈谈，最好让他放人。船就快到达我的祖国的沿海了，再过几天就能到达和新苏格兰同纬度的地方，那里有一个大海湾——圣劳伦斯河，圣劳伦斯河是养育我的河水，我们就要到我的故乡魁北克市了。每次一想到这里，我的心里就十分难受，我很气愤，甚至头发都要竖起来了，先生，我要回家！我宁愿跳进大海，也不想再留在这里了！”

尼德·兰德已经到达了忍耐的极限，他再也无法适应这种无限

暴风雨正在肆无忌惮地横行，飓风和龙卷风时不时光临这里，恶劣的天气阻碍了我们的计划。

延长的囚禁生活了。他的身型一天天消瘦，心情好像也越来越忧郁了。我能体会尼德·兰德这种思乡的痛苦，因为曾经的我也被这种感情折磨过。毕竟，我们已经有将近7个月的时间没有得到过陆地上的任何消息了。

我们的讨论结果是由我去找内莫船长。

我来到内莫船长的舱房，他正在伏案工作，根本没有察觉到我的到来。当内莫船长发现了我之后，他的语气变得十分生硬。

“您怎么来了，教授？”

“内莫船长，我想和您谈谈。”

以这样的开头开始的一场谈话，会令任何人都感觉没有希望，但是我还是大胆地将我想说的话说了出来。

“我想说，假如您能恢复我们的自由的话……”

“自由！”内莫船长重复道。

“是的，内莫船长，这就是我想要和您商量的问题。我们已经在您的船上打扰了将近7个月的时间了，我和我的伙伴都想再次问问您：您是不是要永远把我们囚禁在‘鹦鹉螺’号上？”

“阿龙纳斯先生，”内莫船长斩钉截铁地对我说，“我今天的回答和7个月前您来这里时的回答是完全一致的：无论是谁，只要来到了‘鹦鹉螺’号上就永远不可能离开！”

“但是有一点我需要提醒您，我们并不是您的奴隶！”这时候的我，相当的气愤。

“不管您怎么说，说什么，我都不会介意。”内莫船长恢复了一贯的冷静。

“即便是奴隶，也有恢复自由的那一天啊！只要有机会，奴隶都会希望自己能够恢复自由，都愿意恢复自由的！”

内莫船长根本听不进我的话，在我们谈话的末尾，他义正词言地告诉我，他希望类似的谈话是最后一次，要是下次再有类似的谈话，他听都不会听的。我只好退出了内莫船长的房间。

这次谈话之后，我和内莫船长之间的关系开始变得紧张起来，回来的时候，我将我们的谈话内容告诉了我的两位同伴，想听听他们的意见。

“教授，现在情况已经很清楚了，”尼德·兰德斩钉截铁地说，“我们对这个内莫船长不应该抱有任何的希望和幻想。现在‘鹦鹉螺’号正向着长岛的方向前进，不管是什么鬼天气，我们还是抓住这个机会逃走吧！”

在接下来的几天里，天气越来越糟糕，好像有一场大风暴就要来了。天空是压抑的铅灰色，低垂的乌云在风的作用下疾速前进。海浪汹涌，一浪比一浪更高，除了喜欢暴风雨的海燕，我们就再也看不到其他鸟类了。

气压表的示数在连续不断地下降，大风暴终于降临了。现在“鹦鹉螺”号和长岛处在同一纬度上，距离纽约河的河道只有短短的几海里。

大风一阵阵疯狂地刮着，速度已经达到了每秒15米，到了下午3点的时候，风速更是达到了每秒25米。这样的风速是典型的飓风。

内莫船长站在平台之上，用绳索捆绑住自己的腰部，在狂风中屹立着。阵阵狂风向着“鹦鹉螺”号席卷而来，船身不停地左摇右晃。下午5点，风速已经达到了每秒45米，这样的风力足够将一座房屋摧毁，或者轻而易举地折断铁栅栏。晚上10点钟，天空中电闪雷鸣，隆隆作响的雷声不绝于耳。

快到第二天早上5点的时候，天空中下起了大暴雨，雨点就像千万个齐刷刷的箭头，向着海面斜斜地射去。看着眼前站在暴风雨中的内莫船长，我不由自主地想到：内莫船长现在是不是正在寻找一种和自己的身份相匹配的死亡方法？现在“鹦鹉螺”号摇晃得非常厉害，甚至在船舱内的人都无法站稳。

一直站在暴风雨中的内莫船长，到了后半夜才回到船舱内。“鹦鹉螺”号的储水仓开始蓄水，船身慢慢下降到了水面之下。透过舷窗的玻璃，我能看见很多受到惊吓的大鱼，它们就好像幽灵一般，在探照灯能照亮的范围内出现。船沉到了50米深处，才恢复了平常的宁静。

第二十章 北纬47度24分，西经17度28分

这次大风暴之后，我们被抛向了东方。在纽约河或者圣劳伦斯河附近逃跑的计划成为了泡影。尼德·兰德简直绝望至极，他像内莫船长那样，整天待在自己的舱房里，而我则和孔塞伊形影不离。

5月28日，现在我们距离爱尔兰岛只有150海里的距离，内莫船长会不会要带我们到不列颠群岛去呢？事实证明不是这样的，内莫船长下令“鹦鹉螺”号南下，回到欧洲海域。

我暗自思忖着：“鹦鹉螺”号敢于深入英吉利海峡吗？自从我们接近陆地之后，尼德·兰德就从自己的房间走了出来，不断地问我，我们的逃跑计划是不是存在这样或者那样的可能性，我不知道应该怎么回答他。我们依然看不见内莫船长的身影，上次，内莫船长让

尼德·兰德看见了美洲海岸，难道现在他会让尼德·兰德看见法国海岸吗？

5月30日，我们站在“鹦鹉螺”号上已经能够看见终极岛，这个岛从英格兰最南端和索尔林群岛之间的一片小区域穿过。到了5月31日，船开始在海面上兜兜转转，给我的感觉是，现在“鹦鹉螺”号正在寻找一个很难发现的目标一样。中午时分，内莫船长亲自来到客舱记录“鹦鹉螺”号所在的位置。内莫船长没有主动跟我打招呼，我可以从内莫船长的脸上看出忧伤的表情。这是为什么呢？难道是因为要接近欧洲，引起了内莫船长对自己放弃的故国的深深怀念吗？

6月1日，海上没有一丝波纹，天空也湛蓝无比。在“鹦鹉螺”号东面大约8海里的位置，出现了一艘大船，船上没有悬挂标志性的旗帜，所以我不能确定这艘船的国籍。

内莫船长正在全神贯注地研究着手中的六分仪，以此来确定我们的方位。此时，海水平静异常，对于测量的进行十分有利。当时我也在平台上，听见内莫船长说：

“就是这个地方！”

内莫船长回到船舱，我也来到客舱里。储水仓开始源源不断地蓄水，螺旋桨已经停止了工作，所以船是垂直下沉的，我们很快下沉到海底，深度为830米。

客舱的灯光熄灭了。我透过舷窗向外张望，半海里之内都是一片光亮。我发现，在我们的右侧半海里之内的距离，有一堆高高隆起的东西，在这个东西的表面已经覆盖了一层厚厚的贝壳。再定睛观察，我认出那是一艘船的残骸。当年，沉船的时候，一定是船头首先开始下沉的。这些残骸的表面的贝壳是如此的厚，想必它已经遇难很多年了。

这是一艘什么船呢？“鹦鹉螺”号为什么特意来拜访这里呢？难道这艘船不是因为海难沉没的？

正当我自言自语的时候，内莫船长走了过来，他说：“这艘船的名字叫‘马赛人’号，船上一共有74门大炮，1762年下水，曾经参与了很多战斗，立下无数战功，称得上功勋卓越。1794年，法兰西共和国更改了这艘船的名字。今天是1868年6月1日，推算起来，在74年前的今天，就在相同的地点，也就是北纬47° 24′，西经17° 28′，这艘船与英国的舰队发生交火，在一番英勇的战斗后，船的3根桅杆被炸断，船舱开始进水，船上三分之一的人都失去了战斗力，剩下的人们宁死不屈，不肯向疯狂的敌人投降，他们将自己的旗帜钉在船尾，高喊着‘法兰西万岁！’的口号，全部被翻滚的波涛吞没了。”

“是‘复仇’号！”我大喊起来。

“没错，阿龙纳斯先生，就是‘复仇’号！这是多么伟大的名字！”内莫船长双手叉着腰喃喃自语。

第二十一章　大屠杀

这样的说话方式，再加上这样一个意想不到的说话场景，令我了解了这艘爱国战舰的经历。最开始的时候，故事是由一个平淡无奇的讲述引出的，后来激发了我无限强烈的情绪，尤其是当“复仇”号这个名字和其他这些因素结合在一起的时候，使我感到非常的震撼。在我眼前的内莫船长，正将自己的双手伸向大海，用敬仰的目光紧紧地盯着眼前的残骸。

对于内莫船长本人，我不知道他从哪里来、要到哪里去，甚至有可能永远不知道内莫船长是谁，但是随着时间的推移，有一点变得越来越清楚了：他并不是一位普通的学者，他把自己和同伴们集中于“鹦鹉螺”号上，这并不是普通的厌世，而是一种异常的崇高和奇特的仇恨，一种连时间也无法冲淡的东西。

这时，“鹦鹉螺”号开始慢慢上升，“复仇”号的轮廓逐渐淡出了我们的视野。

就在这时，我听见了一声沉闷的爆炸声，我转身看内莫船长，他依旧一动不动地站在原地。孔塞伊和尼德·兰德跑到了平台上。

我说：“哪里来的爆炸声？”

“这是大炮的声音。”尼德·兰德回答我。

攻击来自于那艘刚才没有辨出国籍的大船。“那肯定是一艘战舰！”尼德·兰德肯定地说，随后，尼德·兰德仔细地观察了一番，“您看，阿龙纳斯先生，那艘战舰上面带有冲角，另外还有两层装甲铁板！”

那艘船正在快速地向着“鹦鹉螺”号的方向驶来。

“先生，”尼德·兰德对我说，“当那艘船距离我们1海里远的时候，我们就跳进海里，我建议您也一起跳下去。”

我没有回答尼德，看着那艘船离我们越来越近。我想，无论它是英国、法国或者是其他国家的战舰，只要我们能够顺利上船，就一定会受到欢迎的。

“先生，请您放心，”孔塞伊说，“上次我们已经有了游水的经验。只要先生认为和尼德·兰德师傅一起走是正确的选择，我就会义无反顾地保护先生离开。”

我正要回答孔塞伊的时候，那艘战舰的前端冒出一阵白烟，几秒钟以后，一个重物掉在了“鹦鹉螺”号后面的海水里，激起了巨大的水花，随后，我听到了一声震耳欲聋的爆炸声。

“他们正在朝我们开火！”我大喊起来。

“我想，”孔塞伊将身上的水珠抖落，这是第二发炮弹溅起的水花，“他们一定把‘鹦鹉螺’号当成了一头独角鲸，所以才向着我们开火的。”

“但是，他们应该可以辨认清楚，”我还在大喊着，“现在他们是在和人类打交道呢！”

“或许，”尼德·兰德做出了一个大胆的假设，“他们之所以攻击我们，正是因为我们是人类！”

我心里全明白了。没错，上次尼德·兰德在“林肯”号上用鱼叉进行攻击的时候，就已经知道了所谓的独角鲸是一艘人工制成的潜水船。现在，可能全世界正义的力量都联合在了一起，在地球上疯狂地寻找这个比可怕的大鲸鱼还危险百倍的怪物。

我还记得，当我们还在印度洋的时候，我们被囚禁了一夜。那一夜，“鹦鹉螺”号好像和某些船只发生了冲突，甚至还有几位船员因此丧生。看来内莫船长的神秘生活，正在一步一步地被展现在世人面前，大家都在追击这位仇视所有国家的内莫船长。直到这时候，我才感觉到，现在我们面对的，不是友善的朋友，而是无情的敌人。

尼德·兰德打定了主意：“阿龙纳斯先生，我们要尝试所有可能的办法，来摆脱我们现在的困境与危险。不如我们给对面的人发信号，或许他们就能知道我们是好人！”

尼德·兰德从口袋中掏出手帕向对面的船只挥手示意。尼德·兰德的手刚刚举起来，他就马上被一记狠狠的拳头击倒在地上。

“混蛋！”内莫船长喊道，“你要在我发起攻击之前就让我将你钉死在船上吗？”

内莫船长的脸因为愤怒而变得苍白，他的话竟然如此可怕，说话的时候，他的两个瞳孔收缩，射出非常可怕的目光。

接着，内莫船长冲那艘正在猛烈开火的船只大喊道："啊！你知道我是谁，你们这艘该死的国家的船！我不想知道你们是谁，但是我让你看看我的旗！"

他松开尼德·兰德，跑到平台上面，展开一面旗帜，这面旗和之前插在南极陆地上面的旗子是一样的。

这时，一颗炮弹不偏不倚地打在了"鹦鹉螺"号上，就落在距离内莫船长不远的地方，随后被反弹到了海里。这颗炮弹似乎没有对船造成任何伤害。内莫船长耸耸肩，毫不客气地对我说：

"先生，请您和您的同伴们都下去！"

"内莫船长，"我高喊道，"您准备对那艘船发起反攻吗？"

"没错！我要击沉它！"

"请您不要这样做！"

"我要这样做，"内莫船长冷冷地说，"请您不要替我做出判断，先生。命运让你们看见了不该看见的事情，既然攻击已经开始了，我的还击就不能不上场。你们下去！"

"这是哪个国家的船？"

"您不知道吗？那样最好，就让这艘船的国籍成为永远的秘密！下去吧！"

我们只能顺从内莫船长的意愿。我们下去的时候，正好有一枚炮弹打在了"鹦鹉螺"号的船身上，我听见内莫船长疯狂地喊着：

"打吧！疯狂的战舰！把你所有的炮弹都打过来！但是你吃不消我的冲角，你们不配在这个地点灭亡！你们这堆臭皮囊不能跟'复仇'号的光荣残骸相混淆！"

我回到自己的舱房。下午4点左右，我实在压抑不住自己焦躁的情绪，再一次来到中央梯子上，冒险登上平台。内莫船长在上面走来走去，他的眼睛注视着在"鹦鹉螺"号后面五六海里位置的战舰，他正在诱使战舰对自己进行追击，而内莫船长却并不急于还击。

我正想对内莫船长说些什么，内莫船长及时制止了我的话："我有权利这样说，现在正义是站在我这一边的！你看呐，那就是压迫者！就是他们，毁了我所尊敬、热爱的一切，我的祖国、家庭、父母，全都遭遇不幸！我所有的仇恨都在那里！请您不要说话！"

那艘战舰还在紧追不舍。我马上找到孔塞伊和尼德，我喊道：

"我们逃，就现在！"

"好！"尼德·兰德说，"但是那艘战舰究竟是哪个国家的？"

"我也不清楚，先不管这些，在黑夜来临之前，这艘战舰一定会被击沉的。我们不知道内莫船长所做的是否是真正正义的事情，与其成为一个报复者的同谋，不如跟那艘战舰一起死亡！"

"这也是我的看法，"尼德·兰德冷冷地说道，"我们在天黑以后行动。"

黑夜来临，我和同伴们决定，当那艘战舰开近"鹦鹉螺"号的时候就逃走。再过3天就是月圆之夜，到了那个时候，我们很可能被听到或者看到。现在，有好几次，我都以为"鹦鹉螺"号要发起攻击，但是它也仅仅是在故作姿态，等战舰靠近的时候，它又马上避开了。

因为我们的情绪太过激动，我们都没有说话，只在等待最佳时机的到来，要不是我在一旁阻止尼德·兰德，他已经按捺不住自己跳到海里去了。我估计，"鹦鹉螺"号会在水面上对战舰发起猛烈的攻击，这对我们的逃跑是非常有利的。

我和我的同伴们，在这样的情况下整整熬了一夜。直到第二天早上，第一缕曙光出现在了我们面前，战舰上的炮声又响起来。现在，战舰和我们只有1.5海里的距离了。看来，我们逃离“鹦鹉螺”号的时候到了。我回到客舱里，对我的同伴说：“朋友们，我们马上就要离开了，现在让我们握握手，愿上帝保佑我们！”

尼德·兰德的态度十分坚决，而一旁的孔塞伊看起来也镇定自若，反倒是我，看起来有点紧张，我好像已经不能控制自己了。当我们轻轻推开面对楼梯的那扇门的时候，却看见上面的盖板恰好刚刚关闭，冲动的尼德·兰德还是想往上冲，我拦住了他。与此同时，我听见了“嗞嗞”的声音，我知道，那是储水仓正在蓄水的声音。不一会儿工夫，“鹦鹉螺”号已经在几米深的水下了。

我们的行动还是慢了一步！我现在才想清楚，为什么“鹦鹉螺”号不在水面上对战舰发起攻击。因为那是一艘具有坚固装甲的战舰，要想从上面对其进行攻击是难上加难的，但是在战舰的吃水线之下，那里是装甲保护不到的地方，内莫船长决定对这个软肋下手。

我们又被关了起来，被迫成为这件即将发生的惨剧的见证者。

“鹦鹉螺”号的速度正在急剧加快，整个船体都开始颤抖起来。突然，发生了致命的撞击！我感觉到了钢铁冲角刺入以及退出的力量。“鹦鹉螺”号在强大的推动力作用下，向着战舰横刺过去，就像船帆的尖头刺进了帆布之中。我受不了眼前这一切，我好像发了疯一般冲进客舱。内莫船长沉默不语地坐在那里，脸上写满了冷酷。透过舷窗，我看见这个庞大的战舰正在逐渐解体，缓慢下沉，而“鹦鹉螺”号也跟着它以同样的速度下沉，内莫船长想看到他们死去时候的惨状……

这些逐渐解体的残骸被凶猛的海水卷走，甲板上的身影不停地来来往往，挣扎哀嚎，这真是一场灭顶之灾！

突然，战舰“轰隆”一声爆炸了，被压缩的空气炸飞了甲板。战舰下沉的速度又加快了，周围的涡流正疯狂地吞噬着桅架、桅顶，还有上面成群的人们，都被迅速吞没了……

我回望一眼内莫船长，这个可怕的裁决者、黑暗的天使，正在用恶狠狠的眼神看着眼前的一切。当这一切都结束的时候，内莫船长打开客舱的门，回到了自己的房间，我也鬼使神差地跟着内莫船长来到了他的舱房，内莫船长背对着我，眼睛望着挂在墙上的一位年纪尚轻的妇女和两个孩子的肖像，内莫船长伸出双手，跪在地上，轻轻地抽噎起来……

第二十二章 忏悔

上午11点，我再一次来到客舱，这里已经空无一人，仪器显示，现在“鹦鹉螺”号的航行速度是每小时25海里，前方正是英吉利海峡的峡口位置，现在我们正在向北前进。到了晚上，我们已经在大西洋上航行了200海里。

我回到自己的舱房，但是却怎么也睡不着，躺在床上的我一直翻来覆去，噩梦挥之不去，脑海中都是那艘战舰被击毁时候的惨烈画面。

从那天开始，“鹦鹉螺”号总是在飞速前进，而内莫船长、大副和其他的船员就再也没有出现过，船还在不断地潜行，浮出水面的时候也只是为了换换气，随后盖板马上关闭。大副再也没有来客舱记录船所在的位置，我们也不知道现在具体在什么位置，更不知道内莫船长要将我们带到什么地方去。

一天早上，现在我们已经不知道具体是什么日期了，因为苦恼，我整个人都迷迷糊糊的。

尼德·兰德走过来对我说：“先生，我们逃吧！”

我马上从床上跳起来，说道：“什么时候？”

“今天晚上，”尼德·兰德说道，“现在船上的监视都已经撤销了，整条船给我的感觉都很麻木。先生，您准备好了没有？”

“好！现在我们在什么地方？”

“今天早上，在迷蒙的雾气中我看见了一块陆地，就在东方20海里的地方。”

“我在想，那会是什么地方呢？”

“我也说不好。不管了，只要是陆地，我们就有逃出去的可能！”

“对！我们今晚就逃走，即便被大海吞没也在所不惜！”

“现在海上的风浪非常大，但是要划着轻便的小艇航行20海里不是什么大问题。在今天晚上10点钟，月亮还没有出来的时候，我们就趁着这段漆黑的时间逃走。先生，您到小艇那里去，孔塞伊和我在那里等您。”

尼德·兰德说完就走了，我连回话的时间都没有。

在“鹦鹉螺”号上的最后一天感觉竟是如此的漫长！我一个人独处，尼德·兰德和孔塞伊则尽量避开我，不跟我说话，免得我将逃走的计划泄露出去。

终于到了晚上9点半，我穿上足够抵御海浪的结实服装，将笔记本收拾好，仔细捆扎在身上。这时候，我的心跳比任何时候都要快，只剩下半个小时的时间了！我的双手紧紧抱着头，好像头就要爆炸一般，我不得不闭上双眼，不让自己思考这一切。就在这个时候，我隐隐约约听见一阵弹琴的声音，那是让人绝望并且忧郁的音乐，就好像是一个人决心和红尘了断之后的哀鸣。我屏住了呼吸，生怕自己的呼吸打扰到这个悲伤的曲调。

10点的钟声马上就要敲响了，我慢慢地打开了房门，沿着黑暗的走廊前进。我几乎是走一步停一步，尽量控制自己过快的心跳，我来到了客舱的角门，轻轻推开，里面是漆黑一片，但是管风琴的声音还在幽怨地奏响着。内莫船长就在那里，他并没有发现我。

我想，即便是在明亮的灯光之下，他也不太可能察觉吧，他已经完全陶醉在天国的乐声当中了。

我悄悄退出来，但是内莫船长在一声叹息之后说的话，将我钉死在了原地。我听见内莫船长低声说出了下面的话："无所不能的上帝，这一切我都受够了！这一切我都受够了！"

这是内莫船长发自内心的忏悔吗？惊魂未定的我慌忙跑到楼梯，再冲到小艇的位置，我赶到的时候，看见了我的两个同伴期盼的目光。

我大喊道："我们走，马上走！"

"现在就出发！"尼德·兰德信心满满。

尼德·兰德拿出钳子将固定小艇的螺栓松动。突然，我听见船上的人喧闹起来，很多人在相互应答，到底发生了什么事情，难道是他们在观察我们逃走的情况吗？

尼德·兰德停住手，我们仔细地听着。在这些嘈杂声中，我听见最多的一句就是：

"大漩涡！大漩涡！"

原来，现在的“鹦鹉螺”号已经来到了挪威海岸，这里最著名的就是眼前我们看见的漩涡水域！在涨潮的时候，群岛之间的海水相互推挤，形成了现在我们看见的漩涡。漩涡以迅雷不及掩耳之势向前推进，所到之处，一切都被席卷一空，还没有听说哪艘船进去之后能安全出来。

“鹦鹉螺”号开始不断地旋转起来，内莫船长好像有意无意地将船带到了这个漩涡之中。船身开始呈现螺旋状的运转，速度也变得越来越快，旋转的半径在不断变小。附着在船上的小艇也跟着疯狂地旋转着……

我们都处在极度的恐惧之中，血液已经停止了流动，神经活动也被抑制住了，浑身都是冷汗！

“坚持住！”尼德·兰德大喊，“我再把螺栓拧紧。或许还有救……”

他的话还没说完，螺栓已经嘎嘎作响，接着就断裂开来。小艇在瞬间就脱离了“鹦鹉螺”号，就像投石机投出的一块石头一般，进入了这个疯狂旋转的漩涡之中。

我的头撞在了小艇的铁板上，顿时失去了知觉……

第二十三章 尾声

当我醒来的时候，我已经躺在挪威的罗佛敦群岛上一位渔民的木屋之中。我的两位同伴也在我的身旁，他们都平安无事。他们的手紧紧地握住我的手，我们激动地互相拥抱。对那一夜的经历，小艇是如何逃出漩涡，尼德·兰德和孔塞伊是怎么逃出来的，我一点儿记忆都没有了。

眼下，我们可能还不能马上回到法国。挪威北部和南部之间的交通工具少之又少，我们要等两个月飞一次的航班。

因此，在渔夫家中，我重新看了一遍这次的冒险笔记，这些笔记完整地记录了我们和“鹦鹉螺”号一起经历的全部事件。这些笔记是真实可靠的，它毫不夸大地记录了每一个细节，这是对我们人类不能到达的海底世界进行的最忠实的记录。当然，随着科学的发展，总有一天，海底世界也会变成通途之地。

但是，陪伴了我们10个月之久的“鹦鹉螺”号现在怎么样了？它是不是已经成功地逃脱了恐怖的大漩涡？内莫船长还活着吗？他还在海底进行着自己可怕的报复吗？

又或者，在那次大屠杀之后，内莫船长停止了自己的报复了吧？大海的波涛能不能将记录内莫船长生平的手稿带给我们？他的真实名字叫什么？“鹦鹉螺”号和他究竟属于哪个国家？

对于这一切，我依然充满好奇。我的心里，希望内莫船长仍然在可怕的海底深渊傲然存在、潜行。我希望一切仇恨能从内莫船长的心中彻底弥散，同时也希望这位杰出的学者能够继续平和地进行与海洋有关的研究事业……

《圣经》中有这样一个问题：“谁能测量得出海洋的深度？”

现在芸芸众生中只有两个人有资格回答这个问题：内莫船长和我。